転生幼女はお詫びチートで
異世界ごーいんぐまいうぇい
Going My Way
高木コン
Kon Takagi

登場人物
CHARACTER
アクエス
スカイブルーの髪に
少し濃い青眼の水の神。
セナとどうやら
関係があるようだが……？
エアリル
黄色の髪に
翠の瞳を持つ風の神。
セナとどうやら
関係があるようだが……？
クラオル
セナが森の中で助けた
リスとオコジョを
足したような
もふもふの動物
セナ
元アラサーOLだったが、
気が付いたら幼女姿で
ひとり森の中にいた。
なぜかチートな魔法を
使うことができて……!?

モルト
冒険者パーティ
「黒煙」のひとり。
コルトと双子。
博識でセナの教育係。
コルト
冒険者パーティ
「黒煙」のひとり。
モルトと双子。
無口ながら優しい。
ジュード
冒険者パーティ
「黒煙」のひとり。
斥候兼料理担当。
いざというとき頼りになる。
ガルド
冒険者パーティ
「黒煙」のリーダー。
セナを森の中で保護し、
街まで送ると約束する。

第一章　ここはドコですか？

第一話　気が付くと

ふと気が付くと、見知らぬ場所に立っていた。

「ここドコ⁉」

見渡す限り木木木木木木木木木……

「って森⁉」

落ち着こうと深呼吸。

すぅーはぁー。

すぅーはぁー。

うん。朝方の新鮮な空気！

……ってちがーう‼

え？　なんで？

私、自分の部屋のベッドで寝てたよね⁇　うん。寝てたハズ。

周りは木。地面は土が剥き出しのところと草が茂ってるところがあり、小枝なんかも落ちている。所々に背丈の高い草や蔓《つる》の塊《かたまり》みたいなモノもあった。

「意味わかんない……」

それにしても木が高い！　何メートルくらいあるんだろう？　二十メートルくらいだろうか……木の高さのせいで薄暗いけど、朝や昼、夜の区別は付けられそう。

まぁ、夜は真っ暗で何も見えない！　とかなりそうだけど……

ここはどこ？　な状態だけど、私は誰？　とはなっていない。

私は日本に住む、人生とお肌の曲がり角である三十路の女。仕事をして給料をもらってはいるけど、キャリアウーマンなんてカッコイイ呼び方は似合わない。一日中パソコンとにらめっこしているだけ。同業種の人に言ったら怒られそうだけど。

好きなことは、読書（漫画を含む）・ゲーム（ＲＰＧ）・一人カラオケ・料理・自爪のネイル。自称ライトなオタクである。

コンビニや近所のスーパーに行くくらいならメイクもしないし、部屋着のジャージやスウェットで行動しちゃう。口癖は「面倒臭い」だ。

さて、現状を考えよう。

ここは森。私は昨日疲れて早々にベッドで寝たはず。おかしくない？　森っておかしくない？

今日仕事が休みでよかった……

「何故か目が覚めたら空気が美味しい、朝方の森でした～」なんて言ったら頭がおかしくなったと思われそうだ。

近所に森なんてあったっけ？　なかったと思うんだけど……

考えてもわからない。わからないもんはわからない。とりあえず歩けなくはなさそうだ。

こんなところで夜を明かすなんて真《ま》っ平《ぴら》御免。

とにかく歩いて人を探して現在地を聞かねばと、一歩踏み出した瞬間、自分の足を見て衝撃を受けた。

「えええええぇぇぇ!?　なんで!?　なんでちっちゃくなってんの!?」

おかしい！　コレはおかしい！　え？　私頭おかしくなったんかな？

どう見ても小さい足。モミジみたいな小さな手。今着ている服も見たこともない膝丈ワンピースにミドルブーツ。身長もちびっ子サイズなことに気が付いた。

思わず着ているワンピースを捲《まく》って体を確認してしまった。

ささやかながらも存在していたハズの胸はツルペタになっていて、下着の中も確かめた結果……

どうも私は幼女になっているらしい。

「……あぁ！　夢か！　なーんだ。もう、ビックリしたわ」

夢なら納得。目覚めたら森で幼女になっていた……なんて頭がおかしいにもほどがある。夢ならなんでもありだろう。

よく主人公が異世界に転生する小説を読んでいたけど、現実《リアル》にありえるはずがない。

とりあえず夢から醒《さ》める前にせめて人に逢いたいと、再び歩き出すとすぐに転んだ。

「地味に痛い。そしてものすごく動きにくい。この体に慣れるために、体の動かし方を把握しないと大ケガしそうだわ」

小さくなった弊害《へいがい》か、何というか自分が考える動きに体が対応できていない感じがする。

体を動かすなら某ラジ○体操！　と思ったけど、体操の順番や記憶そのものも曖昧《あいまい》なので覚えてる限りのことをやっていく。途中からあやふや過ぎて、結局普通のストレッチに変えた。

何となく動きがスムーズになったところで、ゆっくりと深呼吸してフィニッシュ。

「ふぅ。とりあえずは動けるようになったし、出発しよう」

しばらく森の中を歩いているけど、人の気配がしない。

「コレ、近くに人って住んでるのかな？」

行けども行けども森。

「っていうか、私の妄想力も大したもんだね。本やＲＰＧで培《つちか》った妄想力で、自分が幼女になって森を散策する夢を見るなんて、我ながら頭が心配になる」

失笑しつつ、いくら妄想とはいえ迷子になっては困るから、拾った石で木に印を付けながらまっすぐだと思うところを歩いていく。

――――ガサガサガサガサッ。

ん？　なんだ？

音の方へ目を向けると……幼女姿になった自分を優に超えるサイズの、大きな黒色のカマキリが現れた。

ギーギーと鳴きながら前脚のカマを刃物を研ぐように擦《す》り合わせている。

「……ひっ！　虫!?　無理無理無理無理！　気持ち悪っ！」

テンパって顔を背けながら手を顔の前でバタバタさせていると、いつの間にかカマキリの鳴き声が聞こえなくなっていた。

「……あれ？　……うわぁぁぁぁ！」

カマキリがいたところを見ると、切り刻まれた残骸《ざんがい》が散らばっている。

「うげぇ。襲われなかったのはいいけどこの状態も気持ち悪い……そしてこの残骸《ざんがい》、どうすればいいの？　触りたくない」

小説では魔物の血の匂いとかで他の魔物が寄ってくるとか、アンデッドになるから回収するか燃やすか、土に埋めるのがいいとかってよく書いてあったよね……

既に何とも形容しがたい臭《にお》いが漂い始めていて、他の虫が寄ってきたら困る。

触りたくないし、燃やすのにも火種がないから土に埋めるしかないいんだろうけど……

「幼女サイズの今の私には穴掘りなんて厳しくない？」

穴を掘る道具もない。仕方がないからさっきのカマキリのカマを使うかと、近付いて手を伸ばしたら……消えた。

「は？」

目の前にあったカマキリの残骸《ざんがい》が全部なくなっている。

なんでだろうと考えたけどわからない。まぁ、夢だし消えたからいいか、とまた歩き始めることにした。

「それにしてもカマキリって……なんで虫？　あの黒光りするやつらじゃなくてよかったけどさ。あんなでっかいカマキリが現れたってことは、冒険物の夢なのかな？　それなら普通はゴブリンとかスライムじゃないの？　いきなりゴブリンと戦うハメになってもいろいろ無理だけどさ。でも、私の妄想を夢に見てるのなら、魔法とか使えるかも？」

ブツブツと独り言を呟きながら、変わらず木に印を付けながら歩いていく。

――――ギャオオォォ！

いきなり獣の咆哮《ほうこう》が響き渡った。

「今度は何⁉」

ガサガサ音と獣の鳴き声がどんどん近付いてくる。

いくら夢でもこういうのは怖いって！

近付いてくる鳴き声の主《ぬし》から逃げたいけど、足がすくんで動けない。

こんな恐怖の再現度はいらないよ、自分！

どうする⁉　どうしよう⁉

恐怖で足がガクガクして動けないままでいると、これまた大きな一メートルくらいの野犬みたいなのが四匹と一際大きいのが一匹、フンフンと鼻を鳴らしながら現れた。

グループかいっ！　これ、異世界物によくいる〝フォレストウルフ〟とかって名前だったら笑ってやる！

なんて変に冷静に突っ込みを入れる自分と、この場をどう切り抜けようかと焦る気持ちで、考えがぐしゃぐしゃになったまま野犬と対峙する。

「魔法使えなきゃどっちみち逃げきれないだろうし、夢なら……私の妄想力をぶつけてやる！」

覚悟を決めて野犬達を見据え、すぅっと息を吸い込んで思いっきり叫ぶ。

「行けー！　ウィンドカッター！　首ちょんぱぁぁぁぁー！」

ブォンっと空気が鳴り、ザシュッ！　っと格下っぽい四匹の野犬の首が飛んだ。

「おおぉ！」

これは……イケる！　イケるぞー！

まさか本当に魔法が使えるなんて、さすが私の夢！

残った大きなリーダー野犬は一瞬ビックリしたあと、警戒して一歩後退。けれどその目は仲間を殺《や》られて殺気立っている。

うぅ。めっちゃ目が怖い。怒《いか》りが込められた視線で殺されそう。おそらく攻撃されたらジ・エンド。いくら夢でも野犬に殺されたくない。

「先手必勝！　ウィンドカッター！」

叫びながら先程と同じ魔法を放ったが、ソイツに避《よ》けられてしまった。

「嘘でしょ？　避《よ》けるの？　夢なんだからイージーモードじゃないの？　接近戦とか怖くて無理だよ……」

リーダー野犬は目で射殺さんばかりに睨《にら》みつけてくる。

「うぅー！　怖いんだよー！　ウィンドカッター！　ウィンドカッター！」

殺《や》るか殺《や》られるかのどちらかだろうと、半ばヤケになりつつ撃ちまくるとモワァっと土埃が舞い、コホコホとむせた。

土埃が落ち着くとリーダー野犬の残骸《ざんがい》が、格下野犬の横に。

「うわぁ……さっきよりエグい……」

格下野犬は首を落としただけだけど、リーダー野犬は切り刻まれて見るも無惨《むざん》な姿になっていて、ものすごく気持ち悪い。

さっきのカマキリのときと同じように、野犬にも手をかざしてみるとスッとまた残骸《ざんがい》が消えた。

ホッと一安心。残り四匹、全ての残骸《ざんがい》を消していく。

ただ、虫の体液より野犬の血の臭《にお》いが濃い。噎《む》せ返るような臭《にお》いでリバースしちゃいそう。

むむむっと悩んで、一つ思い付いた。

夢ならできるかもしれない。ダメ元でやってみよう。

地面に散乱した血が蒸発するイメージで……

「浄化？　…………おぉ！」

唱えるとさっきの戦いがなかったかのように地面がキレイになった。そして漂っていた臭《にお》いもなくなった。

よかった……

まだドキドキは治まらないけど、とりあえずこの場所を離れることにしよう。


しばらく歩いていると、ようやくイヤなドキドキから嬉しさに変わってきた。

「すごい！　魔法使えた！　妄想力ってすごい！　私の好きなＲＰＧ系の夢なんてさすが私の夢だわ！　そしてすごいしか言葉が出てこない。夢の中でも語彙力《ごいりょく》ないのね……」

独り言を言いつつ、自分の夢の中だからそのままなのかと納得した。

さっき野犬と対峙しているときは、首ちょんぱできたらすぐ戦闘が終わると思ったけど、血の飛《ひ》散《さん》はいただけない。

臭《にお》いもキツいし、何より見た目がエグかった。

うん。精神衛生上よろしくない。

あまり思い出さないようにしないと、いくら夢の中でも平和な日本でグータラのびのび育ってきた自分にはいろいろキツい。

ゲームでモンスターを倒すのは好きだけど、画面越しで見るのと実際目の前で見るのは別だ。あんなにグロいのは見たくない。

あんな衝撃的な場面を見たのに、夢から醒《さ》める気がしないのは何故だろう。

考えたら止まらなくなりそうなので考えないようにして、周りを確認しつつ歩き続ける。


今、何時なのかもわからない。まだ夜じゃなさそうだけど疲れた。何がって体ではなく気分が。

手足の小さな幼女からも中身の三十路女からも想像できないくらいの体力。体力はむしろ余裕な気がする。

カマキリと野犬の戦闘で、思っていたよりも精神が疲弊《ひへい》しているらしい。

まだ夢から目が覚めないのなら泊まるしかないので、寝る場所を考える。

さっきみたいに虫や野犬に襲われたくない。それなら木の上で寝ようと、ちょうどいい太さの枝がある木がないかを探しながら歩いていく。

………しばらく探してやっと見つけた！

見つけたけど、いざ登ろうと思ったら登れない！

あああぁぁぁ！　自分が幼女サイズなこと忘れてたよ！

諦めきれず何回もトライするけど、ちょっと登れてもズルズルと落ちてしまう。手足に細かい傷だけ増えていく。

少し休憩しようと木の根元に腰を下ろした。

今だけお猿さんに変身できたらいいのに……なんてありえないことを考えて自嘲《じちょう》した。

あぁ、おなか減ってきたなぁ。

……ん？　オナカヘッタナ……？

（あああぁぁぁ！　そうだよ！　食べ物ないじゃん！　飲み物ないじゃん！）

早急に確保しないと！　っていうか夢で匂いがしたりおなか減ったりするの⁉　どんな夢だよ！

え？　夢で餓死とかやばくない？　どうする？　どうしよう⁉

新しく敵に遭遇したとしても、冒険物の小説によくある解体なんてできないからお肉とか無理！

むしろ食べられるのかすらわからない。

やっぱりフルーツとか野菜とかだよね！　フライパンとかないから調理は無理だけど、幸いココは森！　そのまま食べられる系の物を探そう！　あとは川とか湖みたいな水辺で飲み物を確保しないと！

思い立って耳を澄ましても川の音もしない。

落胆しつつ、とりあえずきた道じゃない方に進もうと再び歩き出した。


食べられそうな物が見つからない。

いや。正確にはあったはあった。

ショッキングピンクに白い水玉模様のミカンみたいな物が木になっていた。

意気揚々と取って割ってみたら、ものすごい刺激臭がして咄嗟《とっさ》に投げ捨てて諦めた。

アレは絶対毒だよ！　アンモニアみたいだったもん！

仮に毒じゃなくても、色と臭《にお》いのキツさでとてもじゃないけど食べられない。

アレの臭《にお》いを嗅いで食欲は減退したから、今日は食べなくても大丈夫そう。


食べ物と休むのにちょうどいい木を探してるうちに森はすっかり暗闇に支配されてしまった。

時間的にはまだ夕方過ぎなのかもしれないけど、明かりがないから暗い。

今日はいいけどご飯と寝る場所どうしよう……

獣の声が遠くに聞こえている。

電気がある生活に慣れている現代人に、暗い森とか怖すぎる！

（ううう！　怖すぎるんだよぉぉぉぉ！）

困りに困って、眠れそうな樹上を目指して足に力を入れて思いっきりジャンプした。

――――すとんっ！

枝に届いた。

（ワォ。ラッキー！　これって身体強化ってやつなのかい？）

とりあえず、敵が怖いから明るくなるまで木に抱きついてコアラ状態で休もう。

体力は余裕だと思ってたけど、自分の想像以上に疲れていたのか、すぐに眠りに落ちた。

◇◆◇

目が覚めると目の前には木肌があった。

「……え？　…………………あぁ夢の続きか」

低血圧で寝起きにボーっとしながら思考を巡らせる。

えぇっと……森。ココは森。

昨日とりあえずの安全を考えて木の上で寝たんだった。

「一晩寝ても夢から醒《さ》めないのかいっ！」

思わず身じろぐと木から手が離れた。

あっ！　と思ったときには既に遅く、地面に向かって落ちていく。

――――ドシン！

「うぅ。痛い……」

痛い割にはケガもしてないけど。

「はぁ。よかった。こんなところでケガしなくて」

自分の体を確認して周りを見ると、自分の近くに黄色くキラキラしたリンゴが二つ落ちていた。

「リンゴだ！」

色はちょっとアレだけど、ふんふんと匂いを確認してもリンゴ。しかも甘い蜜でも入っていそうないい香りがする。

「やったー！　食べ物！」

服の内側で磨いてかぶりつく！

「うっまーい！　めっちゃジューシー！」

ガジガジと咀嚼《そしゃく》してあっという間に一つ食べ終わる。

リンゴは種も芯もなく、丸ごと食べることができた。

「ふぅ。めっちゃ美味しかったぁ。一つでおなかいっぱい」

もう一つはおなかが減ったら食べようと、ワンピースのポケットにしまっておく。

リンゴのおかげで、喉の渇きも満たされて満腹満足。

「このリンゴはラッキーお助けアイテムかなんかなのかな？」

それともネットゲームのように〝ログインボーナスプレゼント〟みたいなモノで、毎朝もらえるのだろうか？

「わからないけど、とりあえず助かった」

明日からもらえないかもしれないから大切に食べないと。そして今日はマジで食べ物と水辺探さないと……明日リンゴがなかったら困る。夢から醒《さ》めるのが一番いいんだけど……

おなかも満足したので小さい体に慣れるためにストレッチをしていく。

いっちにーさんしっ！

いっちにーさんしっ！

体がポカポカしてきたので、最後に深呼吸して終わりにした。

「ふぅ。よしっ！　とりあえず出発しよう。今日は食べ物と水辺だ！」

今日も拾った石で木に印を付けながら歩く。

この森にいる昨日遭遇した虫や野犬達みたいな獣にバレないように静かに。

気配を遮断することを意識しつつ歩いていく。

（気配遮断。気配遮断。私は、今影が薄いの。バレないの）

自分自身に言い聞かせながら足を進める。

昨日戦ったときはグロかったから、今日は違う魔法で血飛沫《ちしぶき》出さないようにしないとなぁ。

ウィンドカッターを乱発しまくったときは倒せたからよかったけど、避《よ》けられて、あの土埃の中で攻撃されたらイヤだし。

悩みながらも昨日より冷静に周りを見ながら歩いていく。

「あっ！　木の実発見！　やったー！　食べ物！」

テンション上がってダッシュで近寄ると、木の実は腐った臭《にお》いを放っていた。

「うっ……今日のコレも食べられなさそう……」

途中まで木の実に近付いたが臭《にお》いで吐きそうになって諦めた。

「この森は食べ物ないの？」

とぼとぼとまた歩き出す。

周りを気にしながら歩いていたからか、近くで何か嫌な感じの気配がした。

警戒を強めているとガサガサ音と、ドシドシと地響きみたいな音がだんだんと近付いてくる。

そして現れたのは……

「熊？」

すぐに臨戦態勢をとって銃を想像しつつ、昨日の野犬と戦ったあとに思い付いた魔法を放つ。

「ウィンドショット」

圧縮された空気の弾は、眉間を狙ったハズが耳に当たった。

熊は雄叫びを上げながら突進してくる。

（ひぃぃ！　ヤバイ！）

気が付くとすぐそこまで迫ってきていたけど、なんとか間一髪で転びながらも避《よ》けた。

熊は近くの木に正面衝突したものの戦意は失っておらず、そのまま雄叫びを上げる。

熊の体勢が整う前に、さっきよりちょっと大きめの弾を想像してもう一発お見舞いしよう！

「ウィンドショット！」

今度はばっちり後頭部に命中した！

やってやったぜ！

熊はピクピクと痙攣《けいれん》していたけど、すぐに動かなくなったのでまた手をかざして消した。

「昨日みたいに悲惨《ひさん》な感じにならなくてよかったー」

(この消えたモノはどこいくんだろ？)

まぁいいか、とまた歩き始めた。


そのあとも野犬、狸、鹿、ハエ、サソリ……などいろいろな生き物と遭遇しつつ、食べ物と水辺を探したけど、結局見つからなかった。そうしている内にまた夕方になったのでお手頃な木にジャンプで登って休む。

思っていたより敵との戦いに苦労してないなぁ。

ＲＰＧとかだと最初は結構大変だったりするけど、風魔法使えてるからか、ケガらしいケガもしていない。私の夢だから自分にとってはイージーモードなのかな？　倒したときのグロさと臭《にお》いがなければもっといいんだけど。その辺はリアルなのかな？　ＶＲＭＭＯみたい。っていうか、確かに日本じゃＶＲＭＭＯ自体、発売されていなかったよね？　ラノベの世界の話で、現実にはなかったけど。映像のみの仮想体験のＶＲがギリギリだったような……ゲームをするにはコントローラーが必要で、臭《にお》いなんかはわからなかったハズ。

「いつ目が覚めるのかなぁ？　とりあえず眠くなってきたし、リンゴ食べて寝よ」

つらつらと考えることをやめて、ポケットに残していたリンゴでおなかと喉の渇きを満たした。

とりあえず今全部食べるのは止めておこうと、明日の朝用に半分残しておく。

このリンゴのおかげなのか体のせいなのかはわからないけど、喉も全然渇かないし、腹持ちもよくて助かった。

なんて考えつつ、またコアラ状態になるとすぐに眠気に襲われた。

◇　◆　◇

うん。

今日も目を開けたら目の前には木肌。

安定の木肌。

昨日一日彷徨《さまよ》い歩いたけど、結局なにも見つからなかったんだった。

夜残しておいたリンゴが左右のポケットで一つずつ丸々復活していて、ログインボーナスだと大喜びした。

それからまた丸一日歩き回ったのに、心躍るものには何一つ遭遇しなかった。

遭遇したのは多種多様な獣と虫だけ！　唯一のイイことと言えそうなのは、魔法の精度と威力が上がっている気がすること。気がするだけで勘違いかもしれないけど。おかげで今のところは、そう苦労しないで獣と虫を倒すことができている。

◇
◆
◇

今日も木から降りる前に祈るようにポケットを確認すると、ちゃんとリンゴが二つ入っていた。

リンゴがあるとものすごく安心する。

うん。ご飯大事だわ。

木から降りて安心のリンゴを食べる。今日も美味しい。

さて、朝のストレッチをしたら今日も行きますか。

（もうマジでお風呂入りたい。トイレットペーパーもその辺の葉っぱだよ！）

もうっ！　っとプリプリしながら歩いて行く。

四日目ともなれば慣れてきたもので、今のところ虫も獣もそう苦労しないでサクサクと倒せている。

遭遇しては襲ってくるいろいろな獣と虫を倒しつつ歩いていると、どこからか水の流れる音が聞こえてきた。

「この音って川じゃない⁉」

期待を込めてダッシュ！

一時間くらい走り続けてるけど着かない。でも音は大きくなっているから近付いていることは間違いない！

結局、そのあと二時間くらい走り続けてようやく川に辿り着けた。川の周りは少し開けていて、学生時代にＢＢＱをした河原みたいだった。

「やったー！　キレイな川だー！」

あまりにも嬉しくて服を着たまま川に飛び込んだ。

バシャバシャと泳いで気が済んだところで、濡れた服を脱いでゴシゴシと洗っていく。この森での汚れをキレイさっぱり落とすように念入りに。

洗い終わったら川岸の大きい岩に洋服を干して、今度は体を洗っていく。

体の隅々まで念入りに川で洗って、上がろうとしてからふと気が付いた。

……コレ、このままでいたら寒くない？　焚き火おこしてからにすればよかった！　失敗した！

まぁ、誰もいないからいいかと、そのまま真っ裸《まっぱ》で小枝を拾い集める。

リアルでやったら捕まるけど夢なら大丈夫でしょ！

森の中では木や草が燃えて火事なんかになっちゃったり、自分も逃げ切れずに丸焼けになったりしそうで、火魔法は使わなかったんだよねぇ。

拾った小枝を焚き火にするべく某有名ＲＰＧの火魔法を想像しつつ、厨二病よろしく呪文を叫ぶ。

「ファイアボール！」

……………あれ？

「ライター！」

……………むむっ⁉

「マッチ！」

……………ぐぐぐっ。

「火！　炎！」

………………

「なんで付かないの……夢なら万能じゃないの？　焚き火っていうか、火熾《おこ》しって重要だよ？」

森の中で風魔法が使えたから送風を想像して「ウィンド」と唱えてみる。

うん。よかった。乾いた。

とりあえず風邪は引かなくて済みそう。服も風で乾かしちゃおう。

しっかりと乾いたのを確認して服を着ていく。

「まさか火魔法が使えないなんて思ってなかった……ショックが否めない」

せっかく川を見つけたんだから、しばらく近くに留まって自分に何ができて何ができないのかを明日にでも確認しよう。

走りまくったからか、川ではしゃいだからか、それとも体がスッキリしたからかわからないけど、今日も日が陰る頃には眠くなったのでリンゴを食べ、木に抱きついてコアラ状態で眠りについた。

◇
◆
◇

うん。今日も起きたら目の前には安定の木肌。

そしてポケットにはちゃんとリンゴ。

ゆっくり木から降りて今日は川で顔を洗い、寝起きでボーっとした頭からシャキっと覚醒した。

リンゴも食べて日課になりつつあるストレッチで気合いを入れる。

今日は魔法の確認だ！　と思い付く限りの魔法を試していく。

ゲームや小説に出てくる魔法の呪文を叫びまくる。

誰かに目撃されたら頭がおかしい人だと思われそう。

だけどここは夢！　こんな夢を見ている時点で私の頭はおかしいけど。


結局使えたのは風と水だけだった。

自分の妄想もしくは夢なら、チートなんじゃないかと思っていたのが打ち砕かれた。

まぁ、魔法が使えるだけよしとしよう。落胆が否めない自分に言い聞かせる。

はたして夢はいつ醒《さ》めるんだろう。もう五日目なんだけど……

まさか小説みたいに異世界来ちゃった！　なんてパターンはありえないだろうし……

「さてと。考えてもわからないことは止めておこう」

今日は一日魔法の練習に充てよう。完全に無詠唱でできるようになりたい。

誰も聞いていないとは言え、やっぱり恥ずかしいもん！

昨日もさっきもノリノリで言ってたけど。大声で言って発動しなかったときの恥ずかしさったらなかったよ！　無詠唱の方が戦いでも有利になりそうだしね。

ついでに森で役に立っていたと思われる、身体強化や気配察知、気配遮断も練習しておく。


しばらく練習して、おそらく昼過ぎの時間に一ヶ所からものすごい強者の気配がした。

これはヤバそうだと本能が警鐘《けいしょう》を鳴らしている。

「これ遭遇したらまずいね」

相手の気配をずっと探っていると、離れて行ったのでホッと一安心。

そのあとは夕方まで何もなく、ずっと魔法の練習に充てられたおかげか、イメージ次第で完全に無詠唱でもできるようになった！

何となく風魔法と水魔法は上級も撃てそうな気がする。気がするだけかもしれないけど。

夕方になったので練習を止めて水浴びすることにした。

「ボディーソープとかシャンプーとか欲しい。服の洗剤も欲しい。歯ブラシと歯磨き粉も欲しい！切実に！」

ブツブツと文句を言いながら川で体と服を洗う。

スッキリしたところでリンゴを食べて口を漱《すす》ぎ、今日もコアラ状態で早めに寝てしまおう。

夜中、何かの獣の雄叫びで目が覚めた。

何がなんだかわからないけどまた頭の中で警鐘《けいしょう》が鳴り響いている。

「お昼の気配と似てる……」

とりあえず状況確認をしようと辺りを見回した瞬間、グラグラと立っていられないくらいの地面が波打つような地響きと獣の雄叫びが響き渡り、木にしがみつくので精一杯になった。

(うわっ！　何!?　何なの!?　ひぃぃぃー!!　勘弁してー！)

目が辺りの暗さに慣れ、地響きが落ち着くのを待ってから辺りを見回す。

川の対岸の開けたところで、馬鹿みたいにどデカい深緑色の熊とこれまた大きい猪八戒《ちょはっかい》みたいなのが戦っているのがわかった。

あの猪八戒《ちょはっかい》はラノベお馴染みのオークじゃなかろうか……オークって女の子を襲うってよく言われるよね……ここにいるのがバレたら殺される&襲われるとかシャレにならない。

ひたすら息と気配を殺して、バレませんようにと願いながら必死に木にしがみつく。

三時間くらい経っただろうか。

いまだに決着がつかないけど、ようやく熊が優勢になってきたみたい。

でも戦いの影響で周りに被害が出ている。

（こっちこないで！　気付かないで！）

祈りも虚しく、そろそろ決着がつきそうなタイミングで、しがみついている木のすぐ近くに猪八《ちょはっ》戒《かい》の攻撃の余波がぶつかり、思わず「ひぃぃぃ！」と叫んでしまった。

「ヤバい」

どデカい二匹に見つかってしまった。とりあえず木から降りてどうしようかと考える。

（ヤバい。ヤバい。とりあえずものすごくヤバい）

頭の中にあの芸人さんがチラついているけど、それにかまっているヒマはない。生死がかかっているんだから冷静にならなければ。

逃げるにしても二匹が追いかけてきたら地響きの揺れで足がもつれそう。

しかし、見れば二匹とも満身創痍《まんしんそうい》。

いいところ取りしよう。

最後なんとかすればきっと大丈夫！　私の夢なら私に勝機があるはず。私はやればできる子よ！

まず寒気がしそうなニヤつく顔を向けてくる猪八戒《ちょはっかい》をなんとかしよう！

熊が攻撃したタイミングに被《かぶ》せて、その攻撃がちゃんと入るように猪八戒《ちょはっかい》の顔周りにウィンドショットを何発か打つ。

熊の攻撃がモロに入って、猪八戒《ちょはっかい》が怒って雄叫びを上げた。そのタイミングで特大ウィンドカッターを首めがけて放つ。

「よっしゃー！」

読み通り猪八戒《ちょはっかい》を倒すのに成功して思わず飛び上がって喜んだけど、熊の咆哮《ほうこう》で現実に引き戻された。

「そうだ。まだ終わってないんだった」

熊は大きくて、腕のリーチがあるため近付くのは危険。

牽制《けんせい》のためにさっきと同じくウィンドショットを顔周辺に乱発したけど、咆哮《ほうこう》しながら手で払い除けられてしまった。

これ詰んでない⁉

焦りながらも、こっちに突進してこないようにと、さっきより大きめのウィンドショットを顔周辺に撃ちながら時間を稼ぐ。

（考えろ。考えるんだ。……いいこと思い付いた！）

ウィンドショットの中にウィンドカッターとウォーターニードルを入れる感じで……変則二段階攻撃だ！

何発も撃っていると運よく目潰しに成功したらしい。

熊はイライラからか、目が見えないからか、動きが大雑把になって動きが読みやすくなってきた。

最後の仕上げにと、フェイントにウィンドショットとウォーターニードルを乱発し、力いっぱいのウィンドカッターをお見舞いする。

――――バシュッ！

――ドン！

――ガラガラ！

――バタバタバタ！


いろんな音がして土ぼこりが収まるのを待って見てみると、熊の首は胴体と離れ、討ち取ることに成功していた。

「ハァ……ハァ……なんとかなったぁ……」

緊張から解放されて地面にへたり込む。

しばらく放心状態でボーッとしていると、いつの間にか森が明るくなってきている。

「ボーっとしてる場合じゃない。深緑熊と猪八戒《ちょはっかい》を消さないと」

フラフラと近付いて二匹とも手をかざして消した。

二匹を消して顔を上げると、熊の後ろ側の木が大量に倒れていることに気が付いた。

(なんで？)

そういえばさっき熊を倒したときにガラガラって音がした気が……しなくもない。

薪にするにも火魔法が使えなきゃ意味がない。

散乱した木は邪魔なので近付いて消していく。

気分はブラックホールのゴミ箱に投げ入れている感じ。

木に近付いては消して、近付いては消してを繰り返してる最中に、ふと、この木で武器を作れないかなと思い付いた。

「そうとなったら今日は武器製作だ！　もう明け方だし、さっきの戦闘のせいで目が冴えて寝れないし……」

気合いを入れて倒れた木の中から頑丈そうな木を選別していく。

選んだモノ以外の木を全て消し、風魔法でいらない葉っぱや枝を落として四角く加工した。

しばらく作業に没頭してから空を見上げると、すっかり明るくなっていた。

「もう普通に朝の時間すぎてるみたいだわ。木を消すのに時間がかかったもんね」

木を回収した場所は、大きく細長いU字型になっている。

とりあえず不要な木を消す作業と木材化が終わって落ち着いたので、恒例の朝ご飯のリンゴを食べて心を落ち着かせる。

「今日もリンゴがあってよかった。けど、いつの間にポケットに現れるんだろう？　戦ってるときはなかった気がしたんだけどな」

戦いで汚れた気がしたので川で水浴びしながら、食べたリンゴに感謝した。

満腹になったのと水浴びで心が落ち着いたので、いつものストレッチをして体を動かす。

ストレッチを終え、よしっ！　っと気合いを入れて武器製作に取り掛かった。

「日本人的にはやっぱり刀に憧れるけど、体格的には短くないと無理だよねー。短めの木刀なら扱いやすいかな？　あとはヤリとか短剣かな？　やっぱりヤリも短くないとダメだろうけど」

自分の今の体格を考えて、振り回すのにちょうどいい大きさはやはり短めの武器。

とりあえず木刀を作ろうと、長さを決めて尖った石で削っていくけど上手くいかない。繊維が毛羽立つ感じになってしまう。

加工途中の木片を前にムムムと悩む。

十分くらい悩んで、木材を乾燥させていないことに気が付いた。

「しかも、さっきまで風魔法で切ってたのに、なんで石で削ろうとしたんだろう……一瞬で魔法使えることが頭から吹っ飛んでたわ」

ふぅっと息を吐いてから違う木材を乾燥させる。

木材に両手をかざし、水分が抜けて蒸発する水魔法をイメージ。

「おぉ！　成功したっぽい！」

キレイに乾燥させることに成功して、一人でニヤニヤしてしまう。

次に風魔法で研磨するイメージをしながら削っていく。

魔法の加減が難しく、力を込めすぎて割ってしまった。

何本も割ってから、急いじゃダメだとゆっくり削っていく。ゆっくり削るのも調整が難しい。

厚さやフォルムなど何回も確認しながらの作業になった。

実際に振り回さないとちょうどいい長さや厚みがわからないので、少しずつ長さや厚さの違う木刀を作っていく。

数時間後、木刀が何本かできた。早速振り回してどの形の木刀が一番いいのかを確認したら、握る部分に滑り止めがあると便利だと思い付いた。

思い付くまま身体強化を使い、木から麻紐のような紐を作って木刀の手持ち部分に解《ほど》けないように巻き付けてみる。

試しに振り回して、滑ったり手が痛くなったりしないかをもう一度確認。先程と持ち手の厚みや握った感触が変わっていて少し扱いにくい。何度も振り回しながら微調整していく。

「よっしゃ！　やっと木刀完成だー！　近接戦用に短剣も作ろう！」

理想は投げても大丈夫な忍者のクナイ。

乾燥させた木の残りを使うけど、木だけだと刺したり切ったりできないので石も使う。

川原の石は大体丸みをおびているので石を石で叩いて割っていく。

なかなかキレイに割れてくれないけど、身体強化の力で割り続ける。数時間後、大きさを揃えて二枚で一組にして三組ほど作れた。

残りの木材を風魔法で形を整えて、刃にした二枚の石で柄にする木材を挟み、刃先が十センチ程出るようにする。木材に触れていない石の先端と先端を組み合わせ矢印のような形に紐で固定していく。

握る部分にも紐を巻き付けて滑らないようにした。

「一応完成したけど……うん。大変不格好でいらっしゃるわ。むぅ……頑張ったのに大失敗だなんて！」

やっぱり刃となる石は一枚の方がよさそう。

木材を手頃な大きさにしてから切り込みを入れて、そこに石を差し込んで固定する方法にしよう！

紐を巻き付けて完成品を見ると、やはりさっき作った二枚刃より短剣感がある。

「短剣ってより小刀？　いや石器か……縄文時代みたいだわ……」

残りの石も時間をかけて全て短剣に加工していく。

「完成したけど、これどうやって持ち運ぼう……」

また完全に失念していた。持ち運びのためにベルトも作らなければ。

「もう夕方じゃん……集中していると時間が早いわ」

木刀を振り回すとき以外ほとんど座って集中していたからか体が固まっている気がして、ゆっくりストレッチをして解《ほぐ》していく。

もう夕方だからベルト作りと、木刀と短剣のお試しは明日にしよう。夜中に起こされたから早めに休んじゃおう。

水浴びしてスッキリしたあと、いつも通り夜ご飯にリンゴを食べ、口を漱《すす》いで樹上にジャンプ。

コアラ状態で幹に抱きつくと、戦闘と作業後の疲れからか、暗くなりきる前に眠りに落ちた。

◇　◆　◇

昨日夜中に起こされたせいでトラウマ化したのか、寝ている間に途中で何回も目が覚めてあまり休んだ気がしない。

目の前に木肌があって自分は無事だと安堵する。

まだ夜明け前だけど、起きることにしてのそのそと木を降りて顔を洗った。

顔を洗ってスッキリしたところでリンゴを食べて気が付いた。

疲れが取れてる……？

そういえば初日のすり傷も次の日には治っていたし、獣の攻撃を避《よ》けるのに転んだ傷も治っている。大きなケガはしていないけれど、小さな傷は森を通ったときにいっぱいできていたハズ。

傷を次の日に持ち越したことがない衝撃の事実に驚愕《きょうがく》した。

「今気付いたけど、寝たら治るって普通ないよね。寝て全回復するのはゲームと夢くらい。夢でよかったわ。リンゴ食べたらおなかも空かないし、喉も全然渇かないから川の水も飲まなくて済んでるし……さっきまでの寝不足の疲れもなくなったことを考えると、多分リンゴパワーだわ」

美味しさばかりに気を取られていたけど、リンゴは万能薬だったのか。

今後はもっと感謝して食べようと心に決めた。

リンゴのありがたみがわかったところで日課のストレッチで体を動かしていく。

「ふぅ。今日はベルト作らなきゃ。たしかあっちの森の中に蔓《つる》って言うか蔦《つた》みたいなのがあったよねー」

記憶を頼りに蔦《つた》を探して引きちぎり、作業場所まで運んだらベルト製作スタート。

乾燥させた蔦《つた》数本を編み込み、紐状にしてから紐と紐を編んで幅広のベルト状にした。

さらに別の紐で短剣を差し込んでベルトにつなげられるように、あーでもない、こーでもないと編み込んでいく。

ベルトをおなか周りに装着して長さを調整したら短剣を差し込んで完成だ！

「ふおぉぉぉ！　やっとできたー！　編み物とかロクにやったことないけどなんとかなったー！」

一番小さめの刃の短剣はいざというときのために別の場所に身に付けておこう。

「ふふふ……乙女の隠し短剣と言ったらあそこしかないよねぇー」

テンション高くニヤニヤしながら作業再開！

先程取ってきた蔦《つた》を乾燥させ、柔らかくするために揉む。ひたすら揉む。

肌に長時間こすれても痛くないように柔らかくなったら、紐状に編んでいく。

作った紐を再度揉んで柔らかくして、さっき作ったベルトよりも細いベルトにする。

短剣の鞘《さや》も紐を編み込んで作ったら、短剣を差せるように作った穴に合わせて固定させた。

お目当ての場所に巻き、締め付け度を調整したら完成！

「ふっふっふ。隠し短剣って言ったらやっぱり太ももだよね！」

ワンピースのスカートをまくり、太ももから短剣を取り出す練習をする。その完成度にニヤニヤが止まらない。

ベルトと隠し短剣を装着して飛んだり走ったりして動くのに邪魔にならないか、肌を傷付けたりしないかを確認していく。

「うん！　大丈夫そう！」

朝早くから作業をしていたので、まだ朝とお昼の間くらいの時間だろう。

「早速作った木刀と短剣のお試しだ！」


獣を探そうと気配を探る。

「んーと……見つけたっぽい？　ちょっと遠いけど……」

木刀を握り、身体強化と気配遮断を使いながら走って向かう。

気配察知した場所にいたのは、二日目に戦ったのと同じでっかい熊だった。

幸い、後ろを向いていてこちらには気付いていなさそう。

「うわぁ。大人の人間の二倍はありそうなデカさだわ」

気合いを入れ直して周りを見て他に敵がいないことを確認して奇襲する。

木刀に風魔法を纏《まと》わせて勢いを増し、後ろからジャンプ！　頭めがけて木刀を振り下ろす。

ボゴォ！　と骨が砕ける音がして一撃で終わった。

「ワォ。一撃とか強すぎて怖いわ。短剣使うまでもなかった」

まぁ、強い分にはいいかと、倒した熊を消して短剣用の獲物を探す。

察知で見つけて気配遮断をしながら近付くと、大きな赤い猿が二匹いた。

見た目が人に近いお猿さんはとっても攻撃しづらいかと思ったけど、猿達は小動物を虐《いじ》めていた。

その小動物は金色の毛並みのオコジョに、リスのような長く太い尻尾が生えている。その可愛い動物の尻尾を乱暴に掴んで持ち上げ、まるでキャッチボールのように投げて遊んでいやがった。投げるのを失敗して木の幹にぶつけては笑っている姿を見てイライラしてくる。

私の殺気が漏れたのか、猿に気付かれてしまった。猿達はギャアギャアとこっちを指差し、何かを叫び始める。

「多分、雰囲気的になんか文句言ってるんだろうな。『なんなのあの小娘！　ワタクシに殺気を向けてきたわ！　キィィー！』」

一匹の猿に勝手にアテレコして笑う。

私が笑ったせいか、さらに怒りまくってドスドスと足踏みをし始めた。

「コレが地団駄ってやつかな？」

あまりに猿が怒るので少し冷静になった。

とりあえず通じるかはわからないけれど、可愛いオコジョリスちゃんを離すようにジェスチャーしてみる。

それを見て猿はこちらに見せつけるように、リスちゃんを握り潰すような仕草をして嗤《わら》った。

猿が嘲笑したのを見て、私の中で何かがプツンと切れた。

身体強化で一気に近付き、リスちゃんを掴んでいる腕を風魔法を纏《まと》わせた短剣で切りつける。

腕を切り落とし、強く握られていたリスちゃんを救出。また猿達と距離を取りつつ、リンゴが入っていない方のポケットに避難させた。

そのとき、こちらに向かって石が飛んでくる気配を察知して、本能で避《よ》ける。

腕を切り落とした方は叫びまくっているが、もう一匹の方が黄色いオーラみたいなのを纏《まと》っている。

「多分魔法だ……」

大量に飛んでくる石を自分の体全体に風魔法を纏《まと》わせることで弾き飛ばし、当たらないようにした。

自分が小さい竜巻の中心にいるようにイメージして風魔法で風をグルグルと回す。

どれだけ石を飛ばしても当たらないからか、猿は焦りだした。

「リスちゃんに酷いことしたの許さないよ。苦しめてやりたいけど、血なまぐさいのは好きじゃないからもう刃物は使わないね」

ニッコリと笑いかけ、もう一度距離を一気に詰め、猿の顔をウォーターボールで覆って溺死させる。

猿が動かなくなったのを確認して手をかざし消してから、リスちゃんを確認した。弱ってはいるけど生きていることに安堵し、とりあえず安全な川原に急いで戻る。

リスちゃんの体を川の水で優しく洗って乾かしてやり、夜ご飯用のリンゴの欠片《かけら》を無理やり食べさせるとリスちゃんが意識を取り戻した。

「よかったー！　もう大丈夫だよ。元気になるようにもう一欠片《ひとかけら》食べて！」

ホッとして私がニコニコと小さいリンゴの欠片《かけら》を渡すと、リスちゃんはためらいながらも食べてくれた。

「大変だったねぇ。こんなに可愛いリスちゃんにあの赤猿酷いことするね！　元気になってよかったよ！　キミはどこの子なの？　家族の下に帰してあげる！」

言葉が通じるかわからないけどリスちゃんに話しかけると、キキッと鳴きながら肩に登って顔にスリスリと頬ずりしてくれた。

「うぅ……可愛い！　モフモフ！」

よしよしと優しく撫でてモフモフを堪能《たんのう》する。

「よしっ！　キミの家族が心配していると思うから今日中に出発しよう！　ちょっと待っててね。出かける準備するから」

リスちゃんに話しかけ、しばらくお風呂に入れないことを考えて水浴びと服の洗濯を済ませた。

「とりあえず、リスちゃんを棲家《すみか》に送り届けたら人がいる街や村を探そう。このまま永遠に森が続くことはないだろうし、身体強化でダッシュしていけば前より効率よく進めそうだよね」

『キキッ』

「ふふっ。キミは私の言うことがわかってるみたいだね」

ふふふっと笑いかけながらリスちゃんが肩に乗ったのを確認して、気合いを入れて走り出した。

途中でリスちゃんに進行方向を確認しながら走り続ける。

川原から離れると獣と虫との遭遇率が上がった。

様々な獣と虫がいたけど、だいたい一匹か、グループでも数匹程度だった。集団じゃないから戦いやすい。

「川原は平和だったのに……」

進行方向に獣達が現れた場合のみ戦い、さっきの赤猿エリアを越えても走り続ける。

「赤猿がキミを虐《いじ》めていた場所を越えてからだいぶ走ってるけど、キミのお家は遠いの？」

リスちゃんに確認する度に『あっちだよ』と言わんばかりに小さい腕で方向を示される。

もうすぐ夕方になってしまう。

「暗くなったら進めないし、そろそろ寝る場所を探さないと。そこそこな太さの枝がある、頑丈そうな木ってないかな？」

リスちゃんに確認を取ると、テシテシと肩を叩かれた。

「ん？　あっちにいいところがあるの？」

『キキッ』

リスちゃんは私の質問にコクコクと頷《うなず》く。

リスちゃんの指示通りに森を進むと、ものすごく大きな木が目の前に現れた。

「うわぁー。でっかいねぇ」

おそらく高さは五十メートル以上で、巨木の周りは少し開けて広場みたいだ。

「ねぇ、リスちゃん。頑丈そうな木ではあるんだけど、多分、私のジャンプじゃ枝の高さまで届かないよ？」

リスちゃんに問いかけるとリスちゃんは木に近寄っていき、ジャンプ。さらに幹を足場にしてもう一度ジャンプした。

「二段階ジャンプってことね。それ、私でもできるのかな？」

大丈夫！　と言わんばかりに自分の胸を叩いてみせるリスちゃん。

「とりあえず試してみるね」

ジャンプしてみるけど上手くいかない。

二回、三回と試していくとコツがわかってきた気がする。

「次はできそうだよ、リスちゃん」

見守っていたリスちゃんが肩に乗ったのを確認して、もう一度ジャンプすると成功した。

「できたね！　よかった！」

『キキッ』

リスちゃんはモフモフと顔に頬ずりしてくれた。可愛い！

一度木から降りて二人でリンゴを食べると、リスちゃんは八分の一くらいしか食べてくれなかった。ちゃんとおなかいっぱいになったか何回も確認しちゃったよ。

川が近くにないので、ウォーターボールの要領で水を出して口を漱《すす》いでから、眠るためにまた樹上にジャンプで登る。

リスちゃんはマフラーみたいに首に巻き付いて落ちないようにして休むみたい。

私は変わらず木の幹に抱き着いてコアラ状態。首にリスちゃんがいたからか、いつもより暖かく、すんなりと眠りにつけた。

◇◆◇

「おはよう。リスちゃん」

リスちゃんが一緒にいたからか、浅い眠りではなくしっかりと眠れた。

『キキッ』

リスちゃんは返事をして頬ずりしてくれた。

「ふふふっ。朝からモフモフ」

リスちゃんのモフモフを堪能《たんのう》したあと、ポケットのリンゴを確認して安心する。

「顔洗って朝ご飯にしよう！」

機嫌よくリスちゃんに話しかけて木を降りる。水魔法で顔を洗い、リスちゃんとリンゴを食べて歯磨きの代わりに口を漱《すす》いだ。

「リスちゃん、ちょっと待っててね。朝の日課の準備運動するから」

リスちゃんに少し離れてもらって、ストレッチで体を解《ほぐ》していると、リスちゃんもいつの間にか真似してストレッチをしている。

あまりの可愛さにニマニマしながらストレッチを終わらせ、リスちゃんを撫で回しモフモフを堪《たん》能《のう》した。可愛すぎる！

「よし！　癒されたよ。ありがとう。今日はキミの家族に会えるといいね！　出発しよう！」

リスちゃんが肩に乗ったのを確認して出発！

身体強化をして途中リスちゃんに確認しながら走る。

『キキッ！』

結構な距離を走っていると、テシテシと叩かれて急いで止まった。

「どうしたの？　もしかして近いの？」

コクコクと懸命に頷《うなず》くリスちゃんを見て笑顔になる。

「じゃあ、ゆっくり向かおうか」

歩きに変えて十数分後くらいに、肩からリスちゃんが降りて思い切り息を吸って鳴いた。

『キキー！　キキキーー！』

こんなに大きな声が出るのかと驚くぐらいの大声で鳴くと、どこからともなくリスの鳴き声が聞こえてきた。

わらわらとカラフルなオコジョリスが大勢現れて圧倒されていると、リスちゃんがこちらを振り向いた。

「家族かな？　よかったね！　一安心だよ」

リスちゃんに話しかけ、

「リスちゃんの家族の皆さん。初めまして。私は縁あってリスちゃんを送り届けただけです。何かするつもりはないから安心してね」

ニッコリと挨拶をするとリスちゃんが私の肩に登り、頬ずりしてくれた。

「ふふふっ。ありがとう」

リスちゃんを撫でてから家族の近くに降ろしてあげる。

「送り届けたから私はもう行くね。元気でね！」

最後の挨拶をして歩き出そうとすると、リスちゃんファミリーに囲まれてしまった。

『『『『キキキー！』』』』

一斉に鳴かれて困惑していると、リスちゃんがスカートを咥《くわ》えて引っ張りだす。

「ん？　どうしたの？」

しゃがんでリスちゃんに問うと、テシテシと地面を叩かれた。

「ん？　座れってこと⁇」

確認しながら座ると、どこからかリスちゃんファミリーの一匹が木の実を持ってきた。

一匹が持ってきたと思ったら、他のファミリー達もどんどん木の実やフルーツを持ってきてくれる。

「わぁー！　これくれるの？　ありがとう！」

リスちゃんファミリーみんなにお礼を言い、試しに木の実を一つ食べてみる。

「んん！　これ形違うけど味はアーモンドだ！　美味しいー！　あ！　こっちはオレンジ味！」

この夢で森にきてからリンゴ以外の物を初めて食べた。

リスちゃんファミリーが持ってきてくれたモノはどれもとっても美味しい。

私がニコニコしながらパクパクと食べていると、心なしかリスちゃんファミリーもみんな笑顔になっている気がする。

満面の笑みでリスちゃんファミリーにお礼を言うと、何匹か走っていなくなり、戻ってきたと思ったらまた私の目の前に食べ物が置かれた。

「あれ？　リスちゃん。食べ物さらに増えたよ？」

私の食べっぷりに気をよくしたのかコレも食べろとみんなが渡してくれる。

「私だけじゃ寂しいからみんなで食べようよ！　みんなのご飯だし！」

みんなに提案して、楽しくご飯を食べていると暗くなってきていることに気が付いた。

「もうすぐ真っ暗だねー」

何となく口に出すと、リスちゃんにクイクイと私の袖を引っ張られた。

「ん？　どうしたの？」

リスちゃんの案内で少し移動した先は一本の木の前だった。

「あ！　今日はこの木で休めってこと⁇」

リスちゃんに聞いてみるとコクコクと頷《うなず》かれた。

「リスちゃんありがとう！」

他のリスちゃんファミリーも休むらしく、みんな手を振ってどこかに走っていった。

案内してくれた木にジャンプしようとすると、リスちゃんが肩に登ってきた。

「一緒に寝てくれるの？　ありがとう！」

ジャンプで樹上に登ると、リスちゃんは昨日と同じくマフラーのようになってくれた。

「おやすみ。リスちゃん」

リスちゃんを撫でておやすみの挨拶をしてから自分も眠りについた。

◇◆◇

右頬をフワフワしたものでテシテシと叩かれて目を開ける。

「んん……？」

右側を見るとどアップのリスちゃん。

「……リスちゃんおはよう」

そういえば、昨日はリスちゃんファミリーのところに泊まったんだった。

ボーっとした頭で考えながら木を降り、顔を洗って頭を覚醒させる。

いつの間にかリスちゃんファミリーが集合していて、今日も木の実とフルーツの小山ができていた。

「みんなおはよう！　そして今日もご飯ありがとう！　みんなで食べようね！」

座ってみんなと食べ始め、私のいつものリンゴもみんなで食べればいいんじゃないかと、リンゴをポケットから取り出すとリスちゃんに慌てて奪われた。

「あれ？　リスちゃん？」

首を傾《かし》げながらリスちゃんを見ると、私の短剣を使って器用に二等分した。そして、若干怒りながら半分を押し付けてきた。

「半分は絶対食べろってことなのね」

リスちゃんが言わんとしてることが何となくわかって、苦笑いする。

残りの半分はリスちゃんファミリーで分けて食べてねと言うと、リスちゃんが一口《ひとくち》食べて他のリスに渡し、これまた一口《ひとくち》食べては回していく。

「回し酒ならぬ回しリンゴになってる」

リスちゃんに渡された半分のリンゴとファミリーが集めてくれた木の実とフルーツをおなかいっぱいになるまで食べた。

「みんなたくさん食べ物ありがとう！　おなかいっぱいになったよ！　全部食べきれなかった。ごめんね」

食べきれないのが申し訳なくて、集めてくれたみんなに謝罪をすると、リスちゃんが近付いてきて残った食べ物の小山の前で、左手を腰に当て右手を小山にかざすポーズを取る。

「ん？　それいつも私が獣とか消すときのポーズ？　これにやったら消えちゃうよ？」

リスちゃんはダンダンッっと右足で地面を叩き『いいからやれ』と言われてる気がしたので、集めてくれた木の実を消した。

これでいいのかとリスちゃんを見ると満足そうに頷《うなず》いている。

「リスちゃんがいいならいいけど。さて、腹ごなしにストレッチしないと」

少しリスちゃんファミリーから離れてストレッチを始めると、隣でリスちゃんもストレッチを始めた。

それを見たリスちゃんファミリーも各々《おのおの》間隔を空けてストレッチを始めた。

モフモフ達のストレッチ姿は大変可愛い。モフモフがモフモフだよ！

今日も可愛いモフモフにニマニマしながら最後に深呼吸してストレッチを終わらせる。


このモフモフ天国も素敵だけど、私は人に会いたい。名残惜しいけどバイバイしないと。

「みんな本当にありがとう。ご飯もとっても美味しかったし、みんなと出会えて嬉しかったよ！じゃあ私は出発するよ。またいつか会えたらいいね！　みんな元気でね！」

連れてきてくれたリスちゃんには個別に挨拶しようと思ったんだけど、リスちゃんはトコトコと歩いてきて自然に私の肩に座ってファミリーに手を振っている。

「あれ？　リスちゃん？　せっかくみんなと会えたのにいいの？」

リスちゃんに確認すると『何言ってんのよ！』って雰囲気を出しながら、ちょっと強めに右頬を叩かれた。

リスちゃんがいいなら……とそのまま出発することにした。

「リスちゃん。人がいる街とか村とかある方面ってどっちかわかる？　わからなかったら適当に行こうかと思うんだけど」

『キキッキキッ』

リスちゃんは鳴きながらあっちだよと腕を上げてくれた。

「リスちゃんありがとう！　みんなもありがとー！　またねー！　バイバーイ！」

私はリスちゃんを肩に乗せたまま、最後にみんなに手を振って出発。

示してくれた方向に身体強化を使って走っていく。

◇◆◇

獣と虫を倒しつつ、ときどき休憩を挟みながらひたすら走り続けて一週間。

一週間だよ！　一週間！

森から出られる気配もないし、人にも会えないままだし。

遭遇するのはそりゃあもう様々な獣か虫。全部ビッグサイズバージョンで。作った木刀と短剣が大活躍してくれたよ。

癒されたのはモフモフパラダイスのリスちゃんファミリーのところだけ。

リンゴがあったから飢えとかはなかったけどさ！

今日もひたすら走って夕方近くになってしまった。休む場所を探していると、かなり遠くの方から風に乗って戦闘の音が聞こえてきた。

「これはっ!!　人が戦ってるのかも！」

何となく予感がしてそちらに向かって走りだす。

(遠い!)

音がした場所に到着したときには既に暗くなっていたあげく、戦闘も終わっていて人はいなかった。

(マジかよ……)

それでも近くに人がいないかと気配を集中して探る。

見つけた気配の方に向かうと、焚き火をして休んでる男の人が四人。

人だ! 人がいる!

やっと人に会えた嬉しさで、泣きそうになりながらゆっくりと近付く。

「っ! だれだ!」

リーダー格らしき人にすごまれたため、私は草を掻きわけて姿を現した。

「子供?」

「え?」

「なんでこんなところにこんな小さい子供がいるんですか?」

「……」

男の人達は私の姿を見て警戒していたけど、私の泣きそうな様子に気が付くと手招いてくれた。

久しぶりの火と久しぶりの人。

手招きしてくれた人に近付くと思わず涙が零《こぼ》れてしまった。

「おいおいおい。勘弁してくれ」

いきなり泣き出した私にギョッとしながらも、その人はぎこちなく頭を撫でてくれた。

「落ち着いたか？　何でお前さんみたいな子供がこんな森にいる？」

「……ぐすっ……わかんない。気が付いたらこの森だった……ぐすっ」

私の発言を聞いて男性達はコソコソと話しだす。

コソコソと話してるが人攫《ひとさら》いとか奴隷《どれい》商人とか言うのが聞こえた。

（え？　この森人攫《ひとさら》いとかいるの？　この人達は違うよね。なんか安心感あるもん）

多分、いい人！　勘《かん》だけど。

「とりあえず、もう大丈夫だから泣くな。服も汚ねぇじゃねぇか。これから飯だから俺達と一緒に食えばいい」

リーダーっぽい人に頭を撫でられながら慰められた。

「クリーン！」

リーダーっぽい人が言うと、服や頭の汚れがなくなった。

「わぁ！　キレイになった！　ありがとう！　魔法!?」

キレイになってテンションが上がり、リーダーに詰め寄る。

「お……おう。生活魔法だよ。なんだお前さんまさか知らないのか？」

「生活魔法！」

全然思い付かなかった。そうか！　そういえばその手があった！　〝ファンタジー物あるある〟

じゃん！　いっぱい小説に出てきてたのにすっかりサッパリ頭から抜けてて、攻撃魔法しか考えてなかったよ。生活魔法使えたらもっと楽だったじゃん！

男性達はまたボソボソと話し出したけど、私は自分の世界に入っていてよく聞こえない。

「おい！　おい！　戻ってこい！　んで、これ食ってガキはさっさと寝ろ」

「わぁー！　スープだ！」

リーダーに渡されたスープを「いただきます」と飲むと、体がポカポカと温まってきた。

森にきてからの初めての温かいご飯にまた泣いてしまう。

「ああー！　いちいち泣くんじゃねぇ！」

リーダーはガシガシと私の頭を撫で、おかわりまでよそってくれた。おなかいっぱいになったところで泣き疲れと満腹で眠くなってくる。

ウトウトしていたら、リーダーが優しく木の根元に敷かれた毛布の上に運んでくれた。

「近くの街まで案内してやるから安心して眠れ」

さっきのガシガシとは違い、優しくそっと髪を撫でられた記憶を最後に、眠気に勝てず瞼《まぶた》が落ちた。

第二話　第一印象　～遭遇者達 side～

「寝たか」

濃紺の髪に濃い蒼色の瞳を持つリーダー格の男が話し始めた。

「いきなりガキが現れたから、何かの罠かと思ったが……俺達を見て安心したように泣きだすとはな」

「あんな可愛い子じゃなくても、普通はこの森に子供なんていませんよ」

リーダー格の言葉に金髪に濃い紫の瞳の男が反応した。

「スープ飲んだらまた泣き出したもんねー。多分しばらくまともな物食べてないんじゃないかな？　痩せてるし、着てる服も上等な物だけどかなり傷んでるしさー」

赤髪紅眼の男も話に加わった。

「……やっぱり……人攫《ひとさら》いか……奴隷《どれい》商人……捨てられた……」

最後の一人。先程リーダー格の男に敬語で話していた男とそっくりな容姿の男が無表情でボソボソと話し出した。

――彼らは少女が服の汚れを落とすために身体強化を使って、思いっきりゴシゴシと力任せに洗っているせいで、通常ではありえない速度で生地が傷んでいることを知らない――

「人目を引く容姿なので攫《さら》われたのかもしれませんが、こんな森に放置する意味がわかりません」

うーむと全員で悩み出す。

「奴隷《どれい》商人が危険なこの森を通るなんて考えにくいけど、魔物の気を引くために置いていったのかもしれないねー。もし山賊とか盗賊に見つかったら、完全に襲われるか売り飛ばされる悲惨な状況にしかならないよー」

赤髪の発言に全員がうんうんと頷《うなず》いた。

「あいつ、生活魔法に目を輝かせてたがどう思う？　普通に生活していたら生活魔法のクリーンなんぞよく使うだろ？」

「さっきも話してたけど、やっぱり記憶喪失とかで記憶が曖昧《あいまい》な感じなんじゃない？　きっと怖い目にあって忘れちゃってるんだよー」

リーダーの質問に赤髪が答える。

「まぁ、そうじゃなきゃ森にいる理由を、泣きながらわからないなんて言わないでしょうね」

「あんなに小さい子供なのに記憶が飛ぶくらい、すごく怖い目にあったんだろうねー」

「無理に聞き出さない方がいいですね。無理に思い出させて混乱して何かあっても大変ですし、何より可哀想です」

「そうだな……」

全員がなんとも言えない表情で寝ている少女を見つめる。

「体や背の小ささから考えて三歳か四歳くらいでしょうか？　それにしても、青みがかった銀髪で毛先にかけて青が濃くなっていくグラデーションなんて珍しいですね。瞳はキレイな翠色でしたし」

「肌も日焼けしてなくて白いしね。目は大きくてクリクリだし。珍しい髪色と、街でも見かけないくらいの可愛さで攫《さら》われたんだろうねー。しかも、あの子とずっと一緒にいるのってヴァインタミアでしょー？　あの魔物は珍しいから、あの子と同じで闇取引とかされたら間違いなく高額で売買されるよー」

「そんなことさせねぇぞ？」

リーダーが物騒《ぶっそう》な高額発言をした赤髪を睨《にら》みつける。

「まさか！　そんな可哀想なことしないよー！」

赤髪はブンブンと頭を振って否定した。

「オレっち達はあの子を護ってあげないと。安心できるところに送り届けてあげるべきじゃん！」

先ほどの発言を撤回すべく赤髪が力説する。

「そうですね。あの笑顔を見ていると、不思議と護ってあげたくなりますね」

敬語の金髪も賛同し、無口の金髪はコクリと首肯《しゅこう》した。

「つーか、やっぱりアレ、ヴァインタミアか……また珍しい魔物だな。従魔契約《テイム》してると思うか？」

「あの子にあんなに寄り添ってるのに従魔契約《テイム》していない方がおかしくないですか？」

「それもそうか……」

「ですが、あの魔物には今は触れない方がいいかもしれませんね。あの子にはピッタリとくっ付いていますが、自分達には警戒して近付いてきません。従魔なら影に入れたら奪われる心配はありませんが、おそらく主人が心配なのでしょう」

「オレっち達に慣れてきたら〝奪われないように影に入れたりして気を付けてねー〟って伝えればいいんじゃない？」

「そうするか……」

リーダーは悩みながらも納得した。

「それはそうとコレを見てくれ」

リーダーがみんなの前に出したのは、少女が持っていた木刀と短剣を収めた蔦《つた》のベルトだった。

「コレ、どうしたんですか？」

「あいつが持ってた」

「コレすごいねー。手作りだ！」

「しばらく森で彷徨《さまよ》ってた線が濃厚ですね。あの小さな体で、これだけの物を作るっていうことは魔物とも遭遇したんでしょうし」

「……これ……結構使い込んでる……」

木刀を片手に今まで無口だった金髪が発言する。

「え？　ホントに？」

「……こっちの方が短剣より握り手のところの紐が縒《よ》れてる……小さな傷が刀身にも結構付いてるし……短剣も少し欠けてるよ……」

「うわぁ。本当ですね。護身用に作って振り回していたんでしょうね。まさかこんな子供がこの森の魔物と戦ってたワケではないでしょうし」

また全員が無言で少女を優しく見つめた。

——彼らは知らない。そのまさかを少女が日常的に行っていたことを。

さらに倒すのに冒険者が何十人も必要と言われる、オークオーガとビッグフォレストベアの最上位種であるビッグフォレストデスベアを、いいところ取りしたとはいえ、倒していることを——

「ずっと心細い思いをしてきたんだろうねー。これ、持っていた方が安心するかもしれないから戻してあげようよー」

「そうですね。邪魔なようでしたらマジックバッグに入れてあげればいいですし。リーダー、お願いしますね」

木刀と短剣ベルトがリーダーに渡された。

「とりあえず明日、俺達が受けている依頼の話をする。それで一緒に行動することを納得してもらおう。こいつの警戒心のなさが一番の心配の種だな……」

「あぁ……もう一つのパーティのことですね」

「そうだ」

「確かにあいつらは危ないかもしれないねー。腕は確かだろうけど、あんまりいい噂を聞かないしねー」

「俺達があいつらを信用していないとこいつに伝えて、無駄にビクビクさせたくねぇし、あいつらもこいつにはいい人でいるかもしれない」

「リーダーは優しいですね。そうですね。自分達もそれに賛成します。とりあえず合流したあとは自分達から絶対離れないように言い聞かせるに止めましょう」

無口金髪は敬語金髪に同調してコクリと頷《うなず》いた。

「オレっちも賛成だよー！」

「さて。話はこれくらいか？　そろそろ寝るか。寝る前に結界石に魔力を通してきてくれ」

「りょーかい！」

――五分後。

「リーダー。結界石発動確認したよー。念のため全部に魔力満タンに込めといたー」

「悪いな。みんな休んでいいぞ。おやすみ」

「「「おやすみ」」」

第三話　遭遇者達の自己紹介

いつものように顔をテシテシと叩かれて目を覚ますと、目の前には心配そうにこちらを見ているリスちゃん。

「おはよう。リスちゃん。昨日はごめんね。おなか減ってるでしょ？」

リスちゃんは右肩の上で頷《うなず》いている。

私は敷かれていた毛布を畳んでから木の陰で顔を洗い、毛布の近くでリスちゃんとリンゴを食べる。日課のストレッチを終えて周りを確認すると、リーダーが近くで寝ていることに気が付いた。

起こした方がいいのかわからないので、隣に座ってジーッと見ること十数分……リーダーが起きた。

「ん？　んん……お前さん、朝早いな」

ガシガシと頭を撫でられたのが嬉しくて、ニコニコと微笑みながらリーダーを見上げる。

リーダーは寝起きいいんだね。

「そうだ。お前さんに聞きたいことがある。コレなんだが」

言いながら見せてきたのは私が持っていた木刀と短剣ベルト。

「私が作った武器」

あんなに頑張って作ったのに、没収されちゃうのかと不安になって簡潔に答えた。

「お前さんが作ったのか？」

質問にコクンと頷《うなず》く。

「そうか……」

呟くように言ったあと、そのまま手渡されたのでベルトを装着した。

わざわざ確認するってことは没収するのかと思ったけど、持っていて大丈夫ってことかな？

リーダーが他のメンバーを起こす後ろを付いて回る。

（みんな寝てるじゃん。周りを警戒しなくていいの？　後で聞いてみよう）

起こされたメンバーの一人、赤髪の男性が朝ご飯の準備をするらしい。手伝おうと近付いた。

「おっ。嬢ちゃん、手伝ってくれるのー？」

笑顔で聞かれたので笑顔で頷《うなず》き返す。

「そしたらこれをちぎって鍋に入れてくれるー？」

「うん！　コレはなーに？」

「これはネギ草《そう》だよ。鍋に入れると辛味が消えて甘くなって美味いんだよー」

ネギ草《そう》ってネギか！　そうね。匂いは完全にネギだわ。

一人納得しながら青ネギをちぎって鍋に入れていく。

隣で説明してくれてた赤髪の人は何かブツブツ呟きながらも、テキパキと野菜らしき物を切って鍋に入れている。

「あとは煮込めば完成だよー。ネギ草《そう》ちぎって手に臭《にお》いが付いちゃったでしょー？　はい。クリーン！」

「わぁ！　ありがとう！」

気遣いが嬉しくてニコニコとお礼を言うと、ワシワシと頭を撫でてくれた。

十分くらい煮込むと辺りにいい匂いが漂ってきた。

「できたよー」

料理を作っていた赤髪の人が声をかけると、全員が集まって円形に座った。全員が座ったのを確認すると赤髪の人は器によそったスープを配る。

私はリーダーの隣に座らされた。

「これ食ったら話がある」

コクコクと頷《うなず》き、いただきますと言ってからスープを飲む。なんとコンソメ味だった！

「お！　今日は豪勢ですね！」

「おぅ！　嬢ちゃんがたくさん食べれるようになー」

なんて会話が聞こえて、ビックリしてバッと顔を上げた。隣りに座るリーダーに「お前さんが細いからあいつが心配したんだよ。たくさん食え」と言われてしまった。

昨日会ったばっかりなのに、この人達、優しすぎると泣きそうになりながら食べ進める。

リンゴを食べておなかいっぱいだったハズなのに、おかわりまでしてしまった。

「美味しかったー？」

「うんっ！　とっても美味しかった！　ご馳走様でした！」

料理を作ってくれた赤髪の人に聞かれて、満面の笑みで返事をする。

「おい！　みんな集まれ！」

リーダーの一言でみんなが集まった。

「とりあえず俺達の名前とかわからないだろうから紹介する」

なんとリーダーから自己紹介してくれるらしい。

「俺はこのAランクのパーティ【黒煙《こくえん》】のリーダーでガルドだ」

リーダー格であると予想していた通りだった。黒髪かと思うくらいの濃紺色の髪に、鮮やかな濃い蒼《ロイヤルブルー》の瞳の持ち主。整えられた顎髭を持つ、凛々しい三十歳くらいの男性。イケメン。

心の中で勝手にリーダーって呼んでたけど合っててよかった！

「さっき一緒に料理作ったオレっちはジュードだよー。スープを気に入ってくれてよかったー。よろしくなー」

赤髪で濃い紅眼のちょっとヤンチャな雰囲気のお兄さんみたい。二十五歳くらいの男性。イケメン。

「自分はモルトです。よろしくお願いしますね」

「……コルト」

二人とも金髪に濃い紫の瞳。モルトさんはニコニコしていて優しそうなお兄さんタイプ。コルトさんは無表情で無口みたいだけど雰囲気は柔らかい。二人ともジュードさんより少し若そうだから二十三歳くらいだろうか。これまたイケメン。

「モルトとコルトは双子だ」

二人とも顔のパーツはそっくりだけど、笑顔と無表情で見分けは簡単に付きそうだ。

四人全員、鍛えられた体にイケメンである。眼福！　素晴らしい！

「皆さん、ありがとうございます。ガルドさん。ジュードさん。モルトさんとコルトさんですね。よろしくお願いします」

「お前さん、名前は？」

リーダーのガルドさんに聞かれて考える。

名前？　このちびっ子状態の？　三十路の自分の名前はわかるけど、同じ名前でいいの？

ゲームでは自分の名前は絶対キャラに付けない。名付けですごく悩むタイプだ。

このちびっ子キャラも三十路の自分の名前はしっくりこないし、なんか嫌だ。この場がゲームとかの一番最初にある名付けの場面なんだろうか？

「名前………ちょっと考えたい……」

「あぁ！　わかった！　悪かった！　無理に思い出さなくて大丈夫だ！」

「え？」

「記憶が曖昧《あいまい》なんでしょう？　気にしなくて大丈夫ですよ」

え？　何故いつの間に記憶喪失設定に？　記憶はあるよ？　ただ、この夢のことがわからないだけで。

頭にハテナがいっぱい浮かんで首を傾《かし》げる。

「この森は危険だ。迷子なら一人にはしておけない。俺達がお前さんを近くの街に送り届けてやる。ただ、俺達はある依頼でこの森に訪れている。まず俺達が調達しなきゃいけない素材を探す。そのあと、同じ依頼を受けた別のパーティと合流して街に向かう。それまで、悪いが俺達と一緒に行動してもらうつもりだ。ここまでは大丈夫か？」

さっきの記憶喪失であるという設定がどこからきたのかわからないけど、話された内容は理解できたのでコクンと頷《うなず》いた。

「理解できたところで続きだが、調達の期限は残り二日だ。四日後の満月の日に、別のパーティと合流できるように、素材を集めても集められなくても二日後には合流場所に向けて移動する。お前さんを一人残しては素材探しには行けないから、街までは完全に俺達と一緒に行動してもらう。わかったか？」

幼女だからか、私を護りながら依頼の素材を探して、そのあと街まで送ってくれるらしい。なんて優しい人達なんだろう。

「うん！　ありがとうございます！」

「無理に敬語も使わなくていい。最初は普通に話してただろ？」

満面の笑みでお礼を言うと、ガシガシと頭を撫でてくれた。

「ありがとう！」

「わかったところで今日はもう出発するぞ」

ガルドさんが言うと、あっという間に片付けが終わった。

鍋とかお皿とかどこにいったのか……頭の中にハテナがいっぱいのまま、みんなに付いていく。

モルトさんに手を引かれながらトコトコと歩く。

気配察知はジュードさんの担当らしく、彼は先頭を歩いている。すぐ後にガルドさん、その後ろに私とモルトさん、最後にコルトさんだ。

「ねぇねぇ。探してる素材ってなーに？」

子供らしくクイクイと繋《つな》がれた手を引っ張ってモルトさんに聞く。

「自分達が探してるのは〝ビッグレッドラビ〟っていう魔物です。正確には魔物のこうが……いや。そう、魔物です」

ラビ？　ラビってラビット？　うさぎ？　こうが……ってなんだ？

魔物……異世界物の小説やゲームによくあるパターンのやつ？　ということは、今まで戦ってきたでっかい虫とかも魔物？

「魔物？」

「あぁ……えぇっとですね……例外もありますが、簡単に説明すると人以外の動物や生き物のことを総称して魔物と呼んでいます。魔物は遭遇すれば必ずと言っていいほど人を襲います。遭遇したら戦うか逃げるかしかありません。基本的に、街の外にいる生き物は魔物だと思ってください。なのでこの森にいる生き物も魔物です。強さによってランク分けされています」

マジか……確かにめっちゃでっかいし気性も荒かったけど……

魔物の定義は異世界物やゲームと同じだと思ってよさそう。

「そっかぁー。探しているのはどんな魔物なの？」

「耳が長くて……こういう耳してるんですよ」

モルトさんは繋《つな》いだ手を離して、両手を頭の上に上げパタパタさせた。

「それで全身が赤いんです」

言いながらまた手を繋《つな》ぎ直された。

うん。完全に兎だね。そして赤いのは名前のまんまだね。

「自分達が探しているもので元気になる薬ができるんですよ」

あぁ。納得。兎で元気になって、こうが……って睾丸か。薬は精力剤かな？

「ふーん、そうなんだぁ。大きさはどれくらいなの？」

「うーん。ビッグレッドラビの大体はお嬢さんより大きいですね」

「え!? 私より大きいの？ もしかして魔物って全部私より大きい？」

そういえば遭遇した獣は全部私よりもサイズが大きかったわ。

「いやいや。お嬢さんより小さい魔物もいますよ。例えば……そうですね。スライムとかは小さい個体が多いですね。もちろん大きいのもいますけど」

スライムもいるのか。流石《さすが》定番物。っていうかずっと獣って言ってたわ……いくら名前にビッグって付いてても兎が私よりデカいとか……

「この森の魔物は特に大きいのが多いんです」

え？ 何その発言！ だから私が遭遇したのはみんな大きかったの!?

「この森の魔物は特に大きいの？ なんで？ この森はなんて名前なの？」

「ここは呪淵《じゅえん》の森と呼ばれています。この森は基本的に強い魔物しか生息しておらず、森の奥には食べ物も少ないとか、奥に入ったら二度と出られないとか言われてますね」

マジかよ！ 私絶対、その奥地にいたじゃん！

「あぁ！　ごめんなさい！　怖がらせたかったワケではないんです。今は一緒にいるので大丈夫ですよ。ただ、迷子にならないように気を付けてくださいね」

モルトさんは血の気が引いた私に気が付き、安心させるように言ってくれた。

リンゴがなければ間違いなくあそこで終わってたじゃん！　ログインボーナスに感謝だわ！

「うん」

モルトさんを見つめながら繋《つな》いだ手にギュッと力を入れて返事をすると、ニッコリと微笑まれた。

「ちゃんと護りますので、安心してくださいね」

イケメンは発言もイケメンですね！

そんな話をしていると魔物の気配を察知した。

「ねぇねぇ。あっちの方に何かいるよ？」

クイクイと繋《つな》いだ手を引っ張りながら教えてあげる。

「え？　ちょっとジュードさん！」

「ん？　なんだー？」

「お嬢さんが向こうに何かいるって」

「えぇ？　オレっちの気配察知には反応がないよー？」

ジュードさんが言いながらガルドさんを見た。

「本当か？」

ガルドさんは私に確認してきた。

「うん。あっちのほうに何かいる感じがする」

「遠いか？」

「ガルドさんの距離感覚がわからないけど……多分六キロメートルくらい？」

距離の単位が通じるかわからないけど、自分が感じたおおよその距離を言う。

「六キロか……」

ガルドさんは眉をひそめながら呟いた。

メートルで通じるんだ！　マイルとかわからない単位じゃなくてよかった！

「他には周りに何か感じるか？」

「ううん。周りにはいないけど……」

「けど？」

「多分二匹かな？」

私の発言にみんな顔を見合わせた。

「どうするのー？」

ジュードさんがガルドさんに問う。

「ジュードも他にはいないって言うなら行ってみるか。身体強化で走れば十分かからないだろ」

「信じてくれるの？」

私の発言をすんなり信じてくれたことにビックリして、思わず口に出してしまった。

「本当なんだろ？」

「うん」

「なら信じてやる」

ガルドさんは言いながらガシガシと頭を撫でてくれた。

「ちょっと思うことがあるしな」

「信じてくれてありがとう！」

ガルドさんの意味深な発言に引っかかったけど、笑顔でお礼を言う。

「そうとなったら、ほれ。背中に乗れ。お前さんじゃ俺達に追いつけないだろ」

言いながら背中を向けてしゃがんでくれたので乗せてもらう。

「行くぞ！　案内はしてくれよ？」

「うん！　わかった！」

ガルドさんにおんぶしてもらい、私が返事をしたところでパーティ全員が走り出した。

「あっちー！」

私は背中におぶわれたまま片手で方向を示すと、ガルドさん達はその方向に走ってくれる。

「もうすぐだよ」

十数分走ったところで声をかけると歩きになった。

「この先十メートルくらいにいる」

小声で話しかけると、ガルドさんはコルトさんに私を手渡した。

「コルトは守りが強い。コルトといろ」

今度はコルトさんの背中におぶさる。

ガルドさんは片手剣、ジュードさんは短剣、モルトさんは細身の片手剣、コルトさんはヤリを持った。

みんな武器を構えて敵が確認できる数メートルほどのところまで近付いていく。

気配の主《ぬし》は緑色の大きいカマキリ二匹だった。

「近付いてから気付いたけどホントにいた……」

「あれはフォレストマンティスですね。Cランクです」

ジュードさんが呟き、モルトさんが補足情報を教えてくれた。

「あれならすぐ済むな。お前らはここにいろよ。行くぞ！」

言うが早いか、気配を殺して三人が向かって行った。

見事な連携で瞬殺してすぐ戻ってきた。コルトさんの背中から降りて三人を迎える。

「よくやった」

ガルドさんは言いながらガシガシと私の頭を撫でた。

「私何もしてないよ？」

「察知しただろ？　充分だ。おそらくお前さんのは気配察知じゃなくて魔力察知だ」

「魔力察知？」

「そうだ。あいつは気配を殺し、動いていなかった。おそらく寝てたんだろう。だからジュードにはわからなかった。ただ魔力は隠し切れてなかったんだろうな」

そういう差があるのか。気配察知だと思ってた……

「役に立てた？」

みんなを見上げながら聞くと、全員が代わる代わる撫でてくれた。コルトさんも。

「お前さんの魔力察知は使える。これからも何かいたら言ってくれ」

頼りにされているようでとても嬉しい。

「うんっ！」

ニッコリと元気に返事をするとまた頭を撫でてくれた。

「んじゃ、引き続き探すぞ」

「はーい！」

またモルトさんに手を繋《つな》がれて出発。

しばらく歩いているけど、この辺はあんまり魔物がいないみたい。

魔物と遭遇しないのでまた質問タイム。

「ねぇねぇ、朝ガルドさんが言ってた〝Aランク〟ってなーに？」

また繋《つな》がれた手をクイクイ引っ張りながらモルトさんに尋ねてみた。

「あぁ。それはですね……自分達パーティは全員冒険者ギルドに所属していまして……」

「冒険者ギルド？」

「冒険者ギルドというのはですね……」

モルトさんの話を要約すると――

1：冒険者ギルドは全世界共通。
2：主に冒険を稼業とする者が所属しているギルド。
3：ギルドカードは身分証にもなる。
4：冒険者にはランクがありSSが最上位で次にS、その下が上から順にA～Hランク。
5：依頼をこなしランクを上げていく。
6：パーティランクはパーティを組んでいる全員の冒険者ランクの平均。
7：受けられる依頼はランクによって決まっている。
8：選択依頼と常設依頼がある。
◎選択依頼　依頼書を掲示板から剥がし、受付けに持っていき依頼を受ける。
◎常設依頼　受付けで依頼を受けなくても依頼内容をこなせば大丈夫。
両方とも、依頼を遂行したら受付けで完了の報告をする。
9：指名依頼や強制依頼などもある。
◎指名依頼　任意なので受けるかどうかは本人次第。
◎強制依頼　魔物大量発生《スタンピード》などの際にギルドから発令される場合が多い。
条件が厳しいこともあるが、やむを得ない事情（ケガをしていて戦えない、妊娠中であるなど）の際は断ることもできる。ただ、断る場合は罰金が科せられることもあるので要注意。

などなど。基本的に小説の〝異世界あるある〟のテッパン設定だった。

「長々と説明しましたが、大丈夫ですか？」

「うん！　大丈夫！　みんなはAランクだからとっても強いんだね！」

「それなら良かったです。まだまだ他に強い方々もいるのでものすごく強いワケではないですが、お嬢さんを護れるくらいの強さはあると思うので安心してくださいね」

出た！　イケメンは発言もイケメンすぎる！

「ありがとう！」

モルトさんにニッコリと微笑まれたので私もニッコリと笑顔を返した。

「もう一つ聞いてもいい？」

「答えられる範囲でしたら。何でも聞いてくださいね」

「朝ご飯のときのお鍋とか材料とか道具類はどこいったの？」

「あぁ！　それはマジックバッグという物があるんですよ。もうすぐでお昼の休憩があると思うのでそのときに見せてあげますね」

なんと！　マジックバッグ！　これまた〝異世界冒険物あるある〟だわ！

「見てもいいの？」

「はい。もちろんです。多分ビックリすると思います。楽しみにしていてくださいね」

「はーい！　ありがとう！」

元気よく返事をすると笑顔で頷《うなず》いてくれた。

そのあとはコルトさんの料理が壊滅的だとか、ガルドさんは子供が嫌いなワケじゃないのに、基本子供に怖がられるとか面白おかしく話してくれた。

マジックバッグの話をしてから一時間くらい歩いたところでガルドさんが振り向いた。

「ここらで休憩と飯にするぞ」

その一言で、みんなすぐに準備し始める。

コルトさんは枝を拾って集め、ジュードさんはご飯の準備。

ガルドさんはその様子を見ながら何か考え込んでいる。

モルトさんと一緒にみんなの邪魔にならないような位置に移動した。

「先程言っていたこれがマジックバッグです。自分達はそれぞれ一つずつ持っています。容量は物の性能にもよりますが、小さくても結構入ります。見ててくださいね」

そう言って、小さめのショルダーバッグから毛布やテント、着替えの服などいろいろな物を出してくれた。

「おぉー！　すごーい！」

小説などではお馴染みだけど、目の前で披露されると感動する！

鼻息荒く興奮していると、モルトさんはふふっと笑いながら、出してくれた物をカバンに入れていく。

「なくなった！」

「ふふっ。はい。邪魔になってしまうので収納しました。喜んでもらえてよかったです」

「うんっ！　いっぱい入るのすごいね！」

「ガルドさんとジュードさんのマジックバッグの方が性能がいいんですよ。時間停止機能が付いているので、食べ物が腐らないんです」

「おぉ！　温かい物は温かいままってこと？」

「そうです。時間停止機能が付いているのはレア物で、あまり持っている人はいないんですよ。それにしても理解が早いですね」

モルトさんはニコニコしながら頭を撫でてくれた。

「ご飯できたよー」

話し終わったちょうどいいタイミングでジュードさんから声がかかり、みんなが集まった。私はガルドさんとモルトさんの間に座らされた。

「いただきます！」

作ってもらったスープをフーフーしながら食べ始める。

「お昼だから簡単な物だけどいっぱい食べてねー」

ニッコリとジュードさんに言われたので笑顔を返した。

「皆《みな》、食いながら聞いてくれ。今まで何回かこの森に来たが今回はどうもおかしい。こんなに魔物がいないことはなかった。依頼のためにも捜索範囲を広げようと思う」

「そうだねー。こんなに察知が大変なことなかったもん」

「自分も思っていました。もう少し奥に行くんですね」

ガルドさんの言葉にそれぞれ反応していくが、コルトさんは相変わらず無口である。

私がコルトさんをジッと見つめていると目が合って、コクリと頷《うなず》かれた。

「コルトは周りを見ていて、いつもちゃんと聞いてるから大丈夫だ」

ガルドさんにガシガシと頭を撫でられた。

(信頼関係バッチリなんですね！)

「ご馳走様でした！」

このパーティに会うまではずっと朝と夜の一日二食のリンゴ生活だったため、お昼はおなかが空かない。

しかも今日は朝にリンゴと具沢山スープを二杯もたいらげたので、おなかは全然空いておらず若干無理やりスープを流し込んだくらいだ。

「ん？　もういいのー？　まだおかわりもあるよ？」

「ううん。おなかいっぱい！」

だいぶ苦しいけどジュードさんが心配してくれてるので笑顔で答えた。

「ならいいけど……食も細いんだねー」

後半は呟くように言われてしまった。

ガルドさん達はおかわりして三杯くらいずつ食べている。

（軽いご飯って言ってなかった？　だいぶがっつり食べてる気がするけど……そう言えば朝もスープ二、三杯にパン四つとか食べてたな……みんな大食いなのか……）

「（リスちゃんはおなか減ってる？）」

リスちゃんに小声で確認するとフルフルと頭を振って否定した。

「（やっぱ減らないよね。みんなすごい食べるね）」

コクコクと頷《うなず》かれる。

「食ったら出発するぞ」

ガルドさんの一言でパパッと片付けて、またモルトさんに手を繋《つな》がれて歩き出した。

途中で何回か戦闘になったり、私しか察知していない魔物を教えて戦闘になったりしたけど、お目当ての魔物が現れない。

「んー。いないな。この森にしか生息しないが、来たときは毎回遭遇していたんだけどな……もうすぐ暗くなるし、ここらで休む場所探すか。ジュード、頼んだ」

ガルドさんの一言でジュードさんが消えた。

「っ!?　ジュードさん消えちゃったよ！」

ビックリしてモルトさんの手を両手でグイグイ引っ張る。

「大丈夫ですよ。ジュードさんは斥候《せっこう》役でもあるので、周りを見に行っただけです。すぐに戻ってくると思います」

モルトさんが言う通り、ジュードさんはすぐ戻ってきた。

「いい場所見つけたよー」

ジュードさんの案内で少人数にピッタリサイズの小さく開けた場所に着いた。

「おう。いい場所だな。ジュード、助かった。コルト！　頼んだ」

ん？　コルトさん？

呼ばれたコルトさんが広場の真ん中に歩いていき、ヤリを片手に持ちながら何か唱え始めた。するとコルトさんの体が光り始め、そのままヤリを地面に一度突き刺すとコルトさんの体から光が溢れ、広場の大きさまで広がる。そしてシャボン玉のように弾けて消えた。

「光魔法です。コルトはこの場所を浄化したんですよ。コルトが使ったように光魔法で浄化すると魔物が近寄りにくくなるんです」

何をしているのかサッパリわからず、呆気に取られているとモルトさんが説明してくれた。

「ふぇぇ！　コルトさんってすごいんだね！」

ヤリと光魔法ってパラディン系ですか!?

「誰か結界石を置いてきてくれ」

「説明しがてら、自分達が置きます」

私の手を引きつつ、モルトさんがガルドさんに近付くと、ガルドさんから何かを受け取った。モルトさんに導かれるまま、みんなから少し離れて広場の外周を描くようにゆっくり歩き出す。

「コレは結界石といいます。主に四つで一セットです。結界石にもいくつか種類があるんですが、この結界石は結界を張りたい……安全にしたい場所の四隅に置いて魔力を通すと魔物や悪者から守ってくれる優れ物です。大きさによって性能が異なり、大きければ大きいほど頑丈、かつ広範囲の安全が確保できます」

(結界石もあるのか。だからみんな昨日は普通に寝てたのね。聞こうと思ってたことすら忘れてたけど解決したわ)

ふむふむと説明を聞く。モルトさんは途中一つ、また一つと結界石を置いていく。

「異常だけ察知できるタイプの結界石などもありますが、それは追々にしましょう。この結界石ならこの場所の二倍の広さでも大丈夫です。今日はもう魔力を通して発動してしまいましょう」

私に説明を終え、最後に置いた結界石にモルトさんが手をかざすと、結界石がポワッと光った。

「光ったのが見えましたか？　これで発動したのが確認できましたので戻りましょう」

みんなの近くまで戻ると、ガルドさんにモルトさんが呼ばれた。

「みんなの近くにいてくださいね」

私の頭を撫でてからモルトさんが離れていった。

それならジュードさんを手伝おうと近付くと、手伝うと言う前に「あとは煮込むだけだからゆっくりしてて大丈夫だよ」と言われてしまった。

ジュードさんは料理をしているし、コルトさんは武器のメンテナンス中。

ガルドさんとモルトさんは真剣なお話。

さて私はどうしよう？

予想外の自由時間だ。

「(リスちゃん。ちょうどいいからリンゴ食べちゃおうか？)」

小声で話しかけると頷《うなず》かれた。

「(このリンゴみんなの食後のデザートに……)」

『キキッ』

言い終わらないうちにリスちゃんに右頬をパンチされた。

言うなってことらしい。結構痛いぞ！　リスちゃん！

『(キキッ！　キキキキキ！)』

両手を腰に当て怒り心頭のご様子。

「(わかった。みんなに渡しちゃダメなのね。渡しちゃダメなら食べてるところを見せるのもよくなさそうだね。毎日リンゴがポケットから現れるって普通はなさそうだもんね)」

『そうよ！　しっかりしなさいっ！』とばかりに深く頷《うなず》かれたので、みんなから見えないように木の陰にこっそりと移動した。

「(じゃあみんなに気付かれないようにパパッっと食べちゃおう。でもこのあとみんなとご飯食べないと心配されそう……)」

『(キキキキッ)』

リスちゃんがリンゴを二等分にする仕草をする。

「(半分は食べろってこと?)」

リスちゃんに尋ねると頷《うなず》かれた。

「(でもリスちゃん。今日は、リスちゃんがいつもより食べても大丈夫だよ)」

リスちゃんはものすごい勢いでブンブンと頭《かぶり》を振る。

「(いつももっと食べていいのにリスちゃん遠慮するから……)」

『(キッキ。キキキキキッ!)』

何となくだが『違う。ちゃんとおなかいっぱいよ!』って言っている気がする。

「(ちゃんとおなかいっぱいならいいんだけど。じゃぁ、はい。半分)」

短剣で二等分してリスちゃんに渡してあげる。

目線で食べにくいと言われた気がして、いつも通り小さい欠片サイズにカットした。

サイズに満足したのかリスちゃんが食べ始めたのを確認して、私もリンゴを食べた。

結局リスちゃんはいつもと同じくらいの量しか食べなかった。

「(ねぇリスちゃん。私がリンゴ食べてないときも、おなかが減ったらポケットに移動して食べてね。昨日みたいに食べ忘れるってあんまりないだろうけど……)」

『(キキッ!)』

『わかってる!』って言ってる気がする。

リンゴを食べ終わったので、隠れていた木の陰からみんなの近くに移動する。

リンゴの件は秘密にすることにしたので若干ドキドキしていたけど、みんな気付いてなさそうで安心した。

木の根元に座って、満腹そうなリスちゃんを膝の上で撫でながら、ゆったりめの歌を口ずさむ。

(あぁ。こんなにゆっくりしたの、この夢の中で初めてかも……)

しみじみしているとジュードさんの声で我に返った。

「みんなお待たせー！　嬢ちゃんもこっちおいでー」

呼ばれたので近くに行くと、ガルドさんとモルトさんの間に座らされた。

「はいっ！」っとジュードさんにスープとパンを渡され、みんなが食べ始めたのを確認してから「いただきます！」とスープを飲んだ。

「いっぱい作ったからいっぱい食べてねー」

ニコニコとジュードさんに言われたのでスープをちょっとだけおかわりした。

「ご馳走様でした！」

「もういいの？　まだまだあるよ？」

「無理に食わせることはしないが、ちゃんと腹いっぱい食わないと倒れるぞ」

ジュードさんとガルドさんが心配してくれるけどおなかはいっぱい。

「おなかいっぱい！　ジュードさんが作ってくれるご飯、とっても美味しいから大好き！」

事実、ジュードさんが作ってくれているご飯はとても美味しい。満面の笑みでそう言うと、二人とも安心したのか笑顔になってくれた。

「そのうちもっと食べてくれるようになると安心します」

モルトさんが微笑みながらとんでもないことを言う。

（いやいや！　普通に、今まで食べてたのは大人の量だよ！　日本人の女にしてはむしろよく食べる方だよ！　みんなの胃袋がおかしいんだよ！）

「ちゃんと毎食食ってたら、そのうち普通の量が食えるようになるだろ」

私がモルトさんの発言にビックリしていると、ガルドさんが三杯目を食べながら言う。

（え……ガルドさん……あなたパンも三つめじゃないですか？　よくその体型を維持できますね。なんですか？　太りにくいんですか？　普通の量ってまさか丼サイズの具沢山スープ三、四杯食べて、さらにコッペパンサイズのパンを三つ四つ食べてるあなた達と同じ量とか言わないですよね⁉　こちとら今は幼女サイズですよー！　一般的な大人でもそんな量を〝軽く〟は食べませんよー！）

頭の中でガルドさんにツッコミを入れている間も、みんなはスープもパンもおかわりしていく。

「ふぅ。食ったところで明日のことなんだが……」

ガルドさんが全員を見回しながら話し始めた。

「明日もやはりもう少し奥へ行く。昨日のエリアより魔物は増えたが、ほとんどCランクだった。いつもならCランクはもっと浅いところにいる。俺達が探してるビッグレッドラビはBランクだ。今の状況だとBランクはもっと深い場所にいるんだろう」

一呼吸置いてガルドさんがこちらを見た。

「お前さん、魔力察知遠慮してただろ？　真剣に探せばもっと精度を上げられる。違うか？」

ちょっと鋭めの目をして問われるから、怒られている気がして涙目になってしまう。

「ズルはしてないよ……」

私は俯《うつむ》きながら小声で返した。

「あぁ！　ガルドさん、そんな責めるような言い方しちゃダメですよ！」

「いやっ。そんなつもりじゃないんだが……」

「そんな怖い顔して問われたら怒られてる気がしますよ」

「怖い顔……」

モルトさんが私を庇《かば》って、私の頭を優しく撫でながらガルドさんを責める。

モルトさんの「怖い顔」発言に〝ジョボーン〟と効果音が付きそうなくらいガルドさんが落ち込んでしまった。

「明日は自分達に遠慮しないで、お嬢さんが察知した魔物を教えて欲しいんです。今日は自分達に言った方がいいのか迷ったりしていたでしょう？　自分達の中ではジュードさんが一番気配察知に優れていますが、魔力察知はできません。なので、明日はお嬢さんを頼りにしたいんですよ」

「そうだったのかー。オレっちの役割を取っちゃうって心配してくれたのかー。ありがとうー。遠慮されると寂しいから、遠慮なく言ってくれた方が嬉しいよー」

ニカッと笑いながらジュードさんに優しく言われて、引っ込みかけていた涙がこぼれてしまう。

「……わかった……明日頑張る……ぐすっ……」

「あまり気を負わせるつもりはないのですが……お嬢さんに手伝わせてしまうことになって申し訳

ありません」

モルトさんの言葉にブンブンと頭を振る。

「……ぐすっ……役に立てる方が……嬉しいから頑張る……ぐすっ」

「……ありがとうございます」

そのあともずっと優しく頭を撫でてくれ、私は安心感からかウトウトと眠くなってきてしまい、モルトさんの服を掴みながら寝てしまった。

第四話　保護者達side①

「寝てしまいましたね」

変わらず少女の頭を撫でながらモルトが言う。

「いつまでショック受けてるのー。戻ってきてー」

ジュードが言いながら呆然としているガルドの肩を揺すった。

「はっ！　あいつは？」

「泣きながら寝てしまいました」

「そうか……」

「大丈夫だよー。明日もきっと普通にしてくれるって」

「そうだといいんだが……」

寂しそうにガルドが少女を見た。

「ちゃんと横にしてやった方がよくないか？」

「それが今日は無理そうですね。服を握っているので離れられません」

「そうか……」

少女が小さな手でモルトの服をぎゅっと握っているのを、ガルドは羨《うらや》ましそうに見つめている。

「そんなことより今日の話です」

〝怖い顔〟発言でガルドにショックを受けさせたことを棚に上げ、モルトが少女を起こさないように小声で話しだした。

「彼女はやはり自分の名前を覚えていませんでしたね」

「そうだな……」

「考えたいと言っていましたが、何がトラウマを引き起こすかわかりません。混乱して自分達から離れたり、この森で再び迷子になったりでもしたら大変です。事情をしっかり聞くなら街に戻ってからの方がよさそうですね」

モルトの話に全員が頷《うなず》いた。

「そして、おそらく彼女は魔力量が人より多いと思います。夕食の準備中にガルドさんとも話していたんですが、気配察知と魔力察知、両方のスキルを持っていると思います」

「両方？」

モルトの発言にジュードが首を傾《かし》げた。

「はい。手を繋《つな》いでいたのでわかったのですが、たまにピクンと何かに反応していたんです。そのうちの一つに彼女が反応したあと、ジュードさんが感知して向かった先にいたのがアイアンタートルでした」

「アイアンタートルか……あれは硬いだけで魔法は使わないもんねー」

モルトの発言にジュードが納得した。

「はい。そして彼女の反応がジュードさんより早かったことを考えると、彼女の方がより広範囲を察知できると思います」

「なるほどねー」

「それがこの森に来てからできるようになったのか、元々できたのかはわからないんですが……おそらく無意識に両方使っているのでしょう」

「そうだな。無意識ではあるだろうな」

ガルドが頷《うなず》いた。

「あと気になったことが数点ありまして……」

「なんだ？」

「彼女、冒険者ギルドを知らなかったんですよ」

「「……は？」」

モルトの爆弾発言に日頃無口なコルトですら反応した。

「冒険者ギルドって言えば物心付いた子供や、街のスラムのガキども、どんな辺境の地のやつらでも知ってる全世界の常識だぞ⁉」

「しぃー！　起きてしまいます」

あまりに驚いて段々と声が大きくなったガルドをモルトが窘《たしな》める。

「もしかしたら記憶喪失のせいかもしれませんが、朝ガルドさんが自己紹介するときにAランクって説明したじゃないですか。それで『Aランクって何？』と聞かれ、冒険者ギルドに所属していると説明したら、『冒険者ギルド？』と。自分もビックリしましたよ」

「マジかよ。冒険者ギルドすら知らないとか……記憶喪失のせいじゃなかったら、どっか隔離して育てられたとしか思えねぇぞ……」

あまりの驚愕《きょうがく》の話にガルドは嘆息《たんそく》した。

「あっ！　常識で思い出したけど、朝ご飯作るときもネギ草《そう》を知らなかったよー」

「「「え」」」

再度、全員が驚いた。

「ネギ草《そう》を渡したら『コレなーに？』って聞かれたんだよねー」

少女の真似をしつつ、ジュードが話し始めた。

「昨日の夜に記憶喪失かもって話になってたから、これもそうなのかなーって思ったんだよね」

「そうですね。やはり記憶喪失の線が濃厚でしょう。普通に会話はできますが、世界の常識が飛んでいますね。生活魔法もそうでしたが、今日コルトが光魔法を使ったときもビックリしたあと、目を輝かせながら興奮していましたし、魔法のことも覚えていないのでしょう」

「そうだな……」

モルトが総合的に判断し、ガルドが疲れたように反応した。


「あとですね……」

「なんだ……？」

「彼女、マジックバッグも知りませんでした」

「あぁ……だから昼間、披露してたのか……」

「はい。素直にビックリしながら喜んでくれました」

モルトがそのときのことを思い出して優しい顔で少女の頭を撫でる。

「冒険者ギルドを知らないって方が衝撃過ぎてな……冒険者ギルドすら知らないなら、マジックバッグを知らなくても仕方ない気がするぞ……」

うんうんとジュードとコルトが同調して頷《うなず》いている。

「そうですね。マジックバッグの件を先に話すべきでした」

「そう言う意味じゃねぇよ……」

「あと気になることがありまして」

「今度はなんだ」

「彼女が食前と食後に言う『イタダキマス』と『ゴチソウサマ』ってなんでしょう？」

「あぁー。それ、オレっちも言われたなー。『ゴチソウサマデシタ』だったか？」

「元気よく言ってましたね」

「手を合わせて言ってたから、お祈りかなんかの一種じゃないのか？」

「聞いたことのない単語をあまりにも自然に言うので、ずっと気になっていて。あと、さっき一人で歌っていた歌も初めて聞いたメロディーでした」

「あぁ。それは俺も思ったな。初めて聞いたが、いい曲だと思った」

ガルドの感想に全員が頷《うなず》いた。

「自然に言ってるからな……聞いたら教えてくれるんじゃないか？」

「そうですね。様子を見ながら聞いてみます」

「記憶が混乱してヤバそうなら、話題変えるなりしてやれよ」

ガルドの注意にモルトが頷《うなず》きながら話し続ける。


「あと一つ重要なことが」

「まだあんのかよ……」

「彼女体力すごくないですか？」

モルトに言われ、全員がハッ！　っと気付いた。

「確かに、今日は彼女のことを考えていつもよりは歩みは遅かったですが、それにしてもこの小ささですよ？　彼女の疲れ具合で休憩を促そうと思っていましたが、全然疲れを見せないんですよ。ずっと気配察知と魔力察知もしているのに」

「そういえばそうだな。身体強化して背中に乗せて走ったときも、落ちる気配もなく安定してたな」

「でしょう？　この幼さなら疲れたと駄々をこねても仕方ないと思うんですが、それがないんです。むしろ自分達を気遣ってましたね」

「気遣ってた？」

「はい。戦闘中、彼女はコルトと留守番してましたが、戻ると『大丈夫か。誰もケガしてないか。疲れてないか』と泣きそうな顔で毎回聞かれました。瞳がウルウルしていて……なんて言えばいいんでしょう。こう、庇護欲《ひごよく》をかき立てられる感じですかね」

「……うん……すごく心配してた……誰かが攻撃されそうになる度にギュッとリキんでた。大丈夫って言ったら泣きそうな顔で『本当？　ケガしない？』って聞かれた……」

モルトの感想入りの発言を聞いて、コルトも優しい顔で珍しく少し饒舌《じょうぜつ》になりながら語る。

「そっかー。優しいねー」

モルトとコルトの発言を聞き、ジュードとガルドが優しい顔で少女を見つめた。

「自分はこんな素直で可愛い彼女が、心配でたまりません」

モルトが少女をそっと抱きしめながら言う。

「たまりませんってどうするんだよ」

モルトの様子を見て半眼になりながらガルドが問う。

「彼女を引き取りたいんです」

「引き取るって連れて歩くってことー？」

モルトの願望にジュードが疑問で返した。

「……危険」

「ですが、彼女ほど高い感知能力の持ち主はなかなかいない逸材です。そして体力もあります。そのうえ、こんなに可愛いんですよ！　街に送り届けたあとに誘拐されたり、騙されたり、襲われたりするより、自分達が護る方が安全じゃないでしょうか？」

コルトが言葉少なく指摘するが、モルトが少女を撫でながら小声で力説した。

「そりゃそうだが、護ることが難しい場所に行くときはどうするんだよ」

「そういうときは信頼できる方に預ければいいかと」

「だけどなぁ……こいつの気持ちもあるだろうし……」

「そうだねー。オレっち達から離れて生活できるのかわからないし、オレっち達が知らない歌や食前と食後の言葉のことも考えると、この辺の出身じゃなさそうだしねー。親がいないとすると孤児院行きだろうし、この容姿だとすぐ貴族の目に付いて引き取られそうだよね。良心的な貴族ならいいけど、ロクでもない貴族もいるしねー。オレっちは連れて行くの、賛成だよ」

「そうです！　変態貴族にでも引き取られたら可哀想じゃないですか！　それに誘拐とか予期せぬ

形で親元を離れたなら、親御さんも心配しているでしょうし。その場合、自分達が親元に送り届けることもできます」

「うーむ……だが危険だぞ？　今まで普通に依頼をこなしてきたが、こいつを護りながらとなると危険度が増す」

「ガルドさんは自分達のリスクを考えているんですね？」

「そりゃそうだろ。俺達が危険になったら一緒にいるこいつも危険になる。パーティ全員の安全面を考えられなきゃ、リーダーなんて言えねぇだろ」

「彼女を引き取ること自体に抵抗はないんですよね？」

「それはまぁ……護れるなら護ってやりたいが……全員、その覚悟はあるのか？」

ガルドがパーティメンバーに問うと、三者三様に頷《うなず》いた。

「はぁ……全員賛成ならそうするか。この依頼が終わったあとは仕事を厳選する。だがこいつの気持ちが一番だぞ？　こいつが街で生活したいって言ったら手放すしかないからな」

ガルドはあくまでも少女の気持ち次第だと諭す。だが少女に向けた目は名残惜しそうだった。

「もちろんです。彼女の幸せが一番ですから。明日からは常識の擦《す》り合わせをしましょう。彼女が何を知っていて何を知らないのかがわからないと話になりません」

「そうだな。街で暮らすことになっても、俺達と行動するとしても、常識を知らなきゃ生活できないからな」

全員で頷《うなず》き合った。

「もう真夜中くらいだろ。思ってたより時間がかかっちまったな。そろそろ寝ないと明日に響きそうだし寝るぞ」

各々《おのおの》軽く片付けて横になった。

モルトは少女を抱え、木の根元に移動して目を瞑《つむ》る。

自分の行く末を決める、そんな大事な会議があったことも少女は知らず、モルトの優しい温もりに安心して爆睡していた。

第五話　保護者と狩り

朝、テシテシと優しく頬を叩かれて目が覚めた。

「ん？　んん？　暖かい？」

目の前には見覚えのある色の布。

布？　え？

よくわからないので状況を確認すると、モルトさんの服を握ったまま寝てしまったらしく、モルトさんに抱きかかえられていた。

この状況をなんとかできないかとモゾモゾ動き出すと「んん……」と寝惚けながらさっきより強く抱きしめられた。

（ひぇぇぇぇ！　なんでこうなった！　それにしても布越しでもわかるナイス筋肉！　ってそうじゃない！　冷静に……冷静になるのよ私！）

なんとか腕の中から脱け出そうとなおもモゾモゾと動く。

「うーん……」

さっきより明らかな反応があってモルトさんの様子を窺《うかが》うと、ピクピクと瞼《まぶた》が動いたと思ったら目が開いた。

「……おはようございます」

私と目が合い、モルトさんは一瞬ビックリしたあとにニッコリと微笑みながら挨拶した。

「お、おはようございます……」

朝からイケメンの眩しい笑顔にしどろもどろになりながら私が挨拶を返すと、ふふっと笑って腕から解放してくれた。

ふぅ……と、ドキドキを落ち着けていると、モルトさんは「ふわぁ」っと眠そうにアクビをした。

「ごめんなさい。私のせいであまり寝られなかったんだよね」

モルトさんに近付いてガバッと頭を下げる。

「ふふっ。違いますので安心してください。昨日の夜、みんなで話していたんですが、思いのほか盛り上がってしまい、寝るのが遅くなってしまっただけです」

昨日の夜の話と聞き、魔力察知のことを言われたのを思い出して俯《うつむ》いてしまう。

「あぁ。大丈夫です。確かに今日はお嬢さんに頼ることになってしまうと思いますが、盛り上がったのはガルドさんがずっとショックを受けてたのでイジっていたんですよ。まぁ〝怖い顔〟と言ったのは自分なんですけどね」

私の頭を撫でながら、ふふふっとイタズラが成功したように笑っている。

「まだ日が昇ったばかりですし、他のメンバーはもう少し寝かせてあげてください」

ガルドさんはいじられキャラなのか。普段はそんな感じしないのに……怖い顔って言われてヘコむとか可愛いな！

「うん。わかった。起こしちゃってごめんなさい」

「気にしないで大丈夫ですよ」

みんなを起こさないように小声で謝ると、微笑みながらまた頭を撫でられた。

「目覚ましがてらちょっと周りを見てきます。退屈かもしれませんが、この場所から動かないって約束してくれますか？」

「うん。大丈夫！　絶対みんなの近くにいる」

私の返事を聞いて、安心したような顔で私の頭を撫でてからモルトさんは出かけていった。

他のみんながまだ起きてないのを確認してリスちゃんを見る。私の考えを理解しているのか目が合って頷《うなず》かれた。

「(リスちゃんおはよう。ずっと挨拶できなくてごめんね。今のうちにリンゴ食べちゃおう)」

リンゴを二等分して片方をリスちゃん用に小さくカットして渡し、二人で食べる。残りはポケットに入れた。

「(ふぅ。今日も美味しかったね。ちゃんとおなかいっぱいになった？)」

右肩に登って頬にスリスリしてくれる。

「(ふふふっ。よかった。もしおなか減ったらポケットのリンゴ食べてね。じゃあ今日も日課のストレッチしようか)」

撫でてから地面に降ろしてあげる。

いっちにーさんしっ。

いっちにーさんしっ。

リスちゃんとストレッチをしているとコルトさんが起きてきた。

「……おはよう」

「おはようございます」

『キキッ』

リスちゃんは片手を上げ挨拶し、私はペコりとおじぎするとコルトさんに撫でられた。

「……何してるの……？」

「ストレッチです」

「……ストレッチ……？」

え？　ストレッチって通じないの？　準備運動って言えばよかったんかな？

「えっと……動きやすくするために体を解《ほぐ》す運動をストレッチっていいます」

「……ストレッチ……教えて……」

「じゃあ、最初から始めるね」

コルトさんに教えながらストレッチを終えた。

「……これいい……体解《ほぐ》れる……教えてくれてありがとう……」

頭を撫でられながら褒められているとモルトさんが帰ってきた。


「モルトさん、おかえりなさい」

「ただいま帰りました。まだ二人とも起きてないんですね。そろそろ完全に明るくなりますし、二人を起こしましょうか」

モルトさんがガルドさんとジュードさんを起こしていく。

「おはよー」

「はようさん」

「おはようございます！」

二人に挨拶されたので元気よく返事をすると、ジュードさんはニカッと、ガルドさんは若干安堵した顔になって代わる代わる頭を撫でてくれた。

「じゃあ、急いで軽めの朝ご飯の準備するよー。嬢ちゃん手伝ってくれるー？」

「うんっ！」

ジュードさんと焚き火の近くに移動する。

「オレっちが切っていくから鍋が沸騰したら材料入れてもらえるー？」

「わかった！」

毎回スープは具だくさんだと思ってたけど、〝軽い朝ご飯〟とは思えないほどの野菜やらキノコやらを大量に、ジュードさんがマジックバッグから出していく。

「……ジュードさん。包丁ってもう一つある？」

「ん？　あるけど危ないからオレっちが切るよ？」

「私も切るの手伝う！」

「うーん……そう？　じゃあこれ使ってみてー。危ないと思ったら止めるからなー」

言いながら果物ナイフより一回り大きなナイフを渡された。

ジュードさんのより小さいから、サイズ的にこっちになったのかな？　料理は得意な方だったから幼女サイズになっても大丈夫だと思いたい！

気合いを入れて、ジュードさんの真似をして渡されたナイフでジャガイモっぽいモノの皮を剥《む》いていく。

おぉ！　ちょっといびつだけど案外イケるね。普通の包丁だったら三十路クオリティになりそうだわ。

「嬢ちゃんすごいなー。ガルドさんやモルトより早いぞー！　コルトは料理壊滅的だしなー」

私が三つめを剥《む》いているとジュードさんは五つめを剥《む》き終わり、そのまま玉ねぎモドキを切りながら笑った。

「嬢ちゃんは次、これを一口《ひとくち》サイズに切ってくれるー？」

「はーい！」

渡された人参モドキを切っていく。

「よし。鍋も沸騰したから切ったやつ全部入れてくれるー？」

「はーい！」

「ありがとうなー。後は煮込むだけだから休んでいいよー」

「はーい！」

みんなの方へ行こうと振り返ると、目が合ったガルドさんに手招きされた。

トコトコと近付くと「あぁ……そのー。悪かったな！」とバツが悪そうにポリポリと頬を掻きながら言われるも、何のことだかわからずキョトンとしてしまう。

「……言葉足りない……」

コルトさんにダメ出しされてるし。

「昨日、怖がらせて悪かったな！」

モルトさんの〝怖い顔〟発言でヘコんでたとは聞いていたものの、本人は存外に気にしていたらしい。

「ふふふっ。大丈夫！　ガルドさんが優しいの、ちゃんとわかってるよ！　ね。リスちゃん」

『キキッ』

リスちゃんと二人で笑いながらガルドさんを見ると、あからさまにホッとしていた。

「ガルドさんのメンタルが復活したところでご飯できたよー」

ジュードさんの声でみんな集まって座ると、ジュードさんがスープとパンを配ってくれた。

今日はガルドさんとコルトさんの間だ。

みんなが食べだしたのを見てから「いただきます！」と元気よく言って食べ始める。

「……ねぇ……それ何……？」

コルトさんに唐突に質問されて何のことだかわからず私は首を傾《かし》げた。

「……その、イタダキマスって何……？」

自然に言ってたけどそういえば誰も言ってないじゃん！　なんか知らないけど他のみんなギョッとしてるよ！

「んと……食べ物の材料の命と、野菜を育ててくれた人の労力と、料理を作ってくれた人に感謝をして、美味しく食べさせてもらいますって意味の言葉だったと思う」

「じゃあゴチソウサマも似てる感じですか？」

「うん。ご馳走様は……簡単に言うと、美味しく食べました、ありがとうございます。ってことかな？」

勝手にまとめてしまった。

日本人の習慣を改めて聞かれるとわからないこと多いな！

「それは素晴らしいですね」

「……うん……いい言葉……」

拙《つたな》い説明で納得してくれて安堵する。

「今日はねー。嬢ちゃんが切ってくれた野菜もあるんだよー」

話題を変えるようにジュードさんが明るく話しだした。

助かった！　これ以上突っ込んで聞かれてもグダグダになっちゃいそうだもん。

「なんだと？　お前さん、料理できたのか？」

「ガルドさんやモルトより切るの上手かったよー」

「すごいですねぇ。料理は好きですか？」

「うん！」

そのあとは終始和やかに食べていく。

「ふぅ。食ったしそろそろ出発するぞ」

ガルドさんの一言でみんなはパパッと片付けた。


「今日はお前さんにも魔物を探してもらうが大丈夫か？」

「うん！　頑張る！」

今日はガルドさんに手を繋《つな》がれた。

昨日は列になってたけど、今日は円に近い陣形で歩いていく。

「んとねー。あっちの方、二キロくらいに五匹！」

私がガルドさんの手をクイクイ引きながら言うと、昨日と同じくおんぶされて私の案内で走り出す。

「あれはアーマーラクンですね」

昨日と同じくモルトさんが説明してくれた。

こいつ前に戦ったわ。アーマーって鎧だよね。ラクンって名前？　見た目は狸なんだけど……

あぁ！　ラクンってラクーンか！　鎧と一緒で英語だね。

ということは狸じゃなくてアライグマなのかな？　まぁ、似てるし狸のままでいっか。

またコルトさんの背中に移動させられ、残りの三人が狸に向かって走って行った。

魔物が五匹だからか、今回は魔法を使って戦うらしい。

ガルドさんが黒い玉を撃ち込むと狸がバラけてしまった。

黒い玉を避《よ》けた狸にジュードさんとモルトさんが切り込んで行く。今度はモルトさんが風魔法で牽制《けんせい》し、ガルドさんが剣で、ジュードさんが短剣で切り付ける。

戦ってくれてるけど、呪文を詠唱する声と戦闘音がドカン！　バキン！　と激しい。

出会うきっかけとなった戦闘音を思い出す。

そりゃあ、こんなに大きい音が響いてたら、だいぶ離れた場所にいた私にも聞こえるよね。

一人思い出して納得。戦闘が終わって戻ってきたみんなをマジマジと見つめる。

「大丈夫だ。誰もケガとかしてねぇよ」

ガルドさんにガシガシと頭を撫でられた。

エスパーですか？

また手を繋《つな》がれて出発。

そのあとの戦闘は……カマキリ。蝶々。狸。狸。蛾。狸……狸多いな！

今はグランドグラスホッパーっていう名前の巨大なバッタと戦ってくれている。

三人が戦う姿を見ていて、ふと思い付いてリスちゃんに質問してみた。

「ねぇ、リスちゃん。みんなが探してるビッグレッドラビ、どこら辺にいるかわかったりしない？」

『キキッ！　キキッ！』

やっと聞いたわね！　って言われてる気がする。

『キキッ！　キキキ。キキッ』

細かくはわからないけど、何となくの場所はわかるって言ってるのかな？

リスちゃんと話していると、みんなが戻ってきた。

「どうした？　なんかあったのか？」

ガルドさんに聞かれた。

「うんとね。みんなが探してるビッグレッドラビってやつの場所をリスちゃんに聞いてたの」

「それで？　まさかわかるとか言わないだろ？」

「細かい場所はわからないけど何となくの場所はわかるって」

「言葉がわかるのか？」

「ううん。言葉自体はわからないけど、何となく言ってることはわかるの。ね、リスちゃん」

『キキッ！』

リスちゃんが私の頬にスリスリしてから、自分の胸を叩く仕草をする。

四人が顔を見合わせ、ガルドさんが決断を下した。

「よし。生息域がわかるなら案内してもらえるか？　近くに行ってから探してみればいい」

『キキキ。キキッ』

「結構距離があるって」

「どれくらいだ？」

『キキッ！』

「なんだって？」

「ここから五十キロくらいだって」

「五十キロか……今から行けば夕方には間に合うな。じゃ……」

「待った！」

ガルドさんが喋ってる最中にジュードさんが遮《さえぎ》った。

「向かう前に早いけど、お昼ご飯だよー。軽くでも何か食べないとダメでしょ？　リーダー？」

「お……おぉ……そうだな。うん。そうしよう」

ジュードさんに笑顔で言われてるのにガルドさんの目が泳いでいる。

なんか目線で会話してるっぽい？

「よし。じゃあお昼ご飯の準備をしよう。嬢ちゃん手伝ってくれる？」

「うん！」

役に立てているかはわからないけど、魔力察知以外で唯一みんなのためにできることだから、気合いを入れた。

ジュードさんに言われた野菜を切り、鍋に入れていく。

朝より水や野菜の量が少ないからパパッと食べて出発するんだろうと予想をつけた。

ジュードさんは何かの肉を一口《ひとくち》サイズに切って串に刺し、焚き火の周りに立てていく。

お肉が焼けるのとスープが煮えるのを待っている間に、もう使わない道具などを仕舞って、すぐ出発できるようにしていた。

お肉に火が通り、スープも食べ頃になったので、ジュードさんに取り分けてもらう。

「いただきます！」

「「「「いただきます」」」」

私が言うと、四人の声が重なった。

ビックリしてみんなを見ると、全員がこっちを見てイタズラが成功したように笑っている。

「いい言葉なので、自分達も言うことにしました」

いつの間に相談したのか……ピッタリ揃ってたよ。二人ほど発音がおかしい人がいたけど、ガルドさんとジュードさんっぽかったな。

完全に日本人の感覚のまま自然に言ってたけど、みんなに仲間って認められたみたいでジワジワと嬉しくなってくる。

スープ少なめ一杯と串焼きを一本食べながら、小声でリスちゃんにリンゴを食べるか聞くと断られた。

食べてすぐお鍋を片付けて出発する。

「急ぎで行くぞ」

ガルドさんに背負ってもらい、走って向かう。

今までよりちょっとスピードが速いので、落ちないようにしっかり掴まって揺れに対応した。

途中で戦闘になる度、モルトさんが魔物の名前を教えてくれる。

私は今まで通り戦闘中はコルトさんと待機だけど。

そして三、四時間くらい移動するとリスちゃんが教えてくれた兎の生息域に到着した。

気配を探ると、魔物がいる場所は散らばっていて方角がバラバラ。

「ねぇねぇ。ビッグレッドラビって強い？」

説明担当化しているモルトさんを見上げて聞いてみる。

「そうですね。今まで戦ったのよりは強いですね。どうかしたんですか？」

「んとね。近くにいくつか気配がするんだけど、ちょっと離れたところにちょっと強そうな気配がするの」

私の発言にみんなが顔を見合わせた。

「そいつ、狙おう」

（本当だけど、そんなにすんなり信じて大丈夫？　おばちゃんはみんなが騙されないか心配になるよ！）

「その気配はどちらから感じるんですか？」

モルトさんの声で我に返った。

「んと、あっちの方の五キロ先くらい……んーと……多分三匹くらい？」

「今までより自信がなさげだな」

「うん。なんか今までとちょっと違う感じがするの」

私の発言でガルドさんの眉間にシワが寄った。

「うーむ……とりあえず向かうぞ。乗れ」

私の発言に一瞬悩んでからしゃがんでくれた。私が背中に乗ったら出発し、気配を察知した場所近くに到着すると、真っ赤なでっかい兎が見えた。

四メートルくらいありそうなボス的な兎と二メートルくらいの兎が二匹。

兎を実見してガルドさん達は驚愕《きょうがく》している。

「(あれ、ビッグレッドラビの上位種のビッグレッドキラーラビじゃねぇか！)」

「(他二匹は普通ですね。上位種との混在だったので違う感じがするって言ったんですね)」

「(冷静に分析するのはいいがどうするんだよ。全員でかかっても倒すのに時間かかるぞ？)」

小声で相談し始めてしまった。

「ねぇねぇ。こっちに気付いてるよ」

相談中のみんなに教えてあげる。

「(なんだと⁉)」

兎は耳をピクピクさせこちらを警戒している。

――キエエエエー！！！


ボス兎が叫んだ。

（えぇ⁉　兎なのに鳴くの⁉）

ビックリしている間に、下っ端二匹がこっちにダッシュしてきた。

身体強化を使ってるらしく、体当たりをくらわそうと素早く突っ込んでくるのを全員なんとか避《よ》ける。

「……チッ！　このまま戦うぞ！　落ちんなよ！」

ガルドさんが大声で言い、強制的に戦闘開始。

振り落とされないようにガッチリとガルドさんにしがみつきながら様子を窺《うかが》う。

ガルドさん達は一人が牽制《けんせい》し、他の人が攻撃する戦い方をしているけど下っ端兎も強い！

本能で頭の中に警鐘《けいしょう》が鳴り、ボス兎を見てみると魔法を使おうとしている。

「ボスが魔法使うよ！」

みんなに知らせると同時に蔓《つる》が襲いかかってきた。

ムチみたいにバシバシと叩こうとしてくるのを避《よ》ける。

「クソっ！　草魔法のせいで攻撃できねぇ！」

ものすごい勢いで一匹、私達がいる場所に向かってくる気配を察知した。

「ガルドさん！　なんか一匹、ここ目がけて近付いてくるよ！」

「なんだと！」

攻撃しようとするとムチが襲ってくるし、下っ端は下っ端で体当たりを仕掛けてくるため、みんな避《よ》けることしかできない。

大人しくしていようと思ってたけど、これは参戦した方がよさそう。

ふぅっとガルドさんの背中で精神を落ち着ける。威力のコントロールをしっかりしないとみんなを巻き込んでケガさせちゃう。

「ガルドさん。あのムチなんとかするから、下っ端兎さんなんとかして。もうすぐでもう一匹到着しちゃう」

「なんだと⁉」

ガルドさんの耳元で真剣に囁《ささや》いた。

「いいから！　お願いね！」

蔓《つる》の動きを見て、全員に襲いかかってくるムチを風魔法で切り刻む。

「クッ！　完全無詠唱かよ！　……おらぁ！」

ムチに動きを邪魔されなくなったからか、だんだんとこちらが優勢になっていく。二十分くらいでなんとか下っ端兎を二匹とも倒せた。

「もう一匹来たよ！」

新しく現れたのは、なんとボスサイズの兎だった！

「番《つがい》かよ！」

ガルドさんが叫んだ。

ボス兎は二匹とも目に怒りを宿らせている。

「くるよ！」

わらわらと数十本に増えたムチをなんとか切り刻んでいく。

蔓《つる》の動きはバラバラで、上手く当てるための風魔法のコントロールが難しい。汗が噴き出してくる。

「もう一匹の方もくるよ！」

今度はこぶしサイズからラーメンどんぶりサイズまでいろいろな大きさの石が飛んできた。

（土魔法かい！　石のサイズがバラバラって扱いにくい！）

二匹は、蔓《つる》のムチ攻撃を避《よ》けたところに石を飛ばしてきたり、逆に石を避《よ》けたところに蔓《つる》を振り下ろしてきたりと息の合った攻撃を仕掛けてくる。

噴き出す汗が止まらなくなって、ガルドさんに掴まっているのもキツくなってきた。

「ガルドさん、私降りるよ。向こうの攻撃なんとかするから、頑張って倒して。信じてる」

「おいっ！」

ガルドさんの耳元で囁《ささや》いて背中から降りた。全体を見渡せるようにみんなから数歩後ろに下がる。

風魔法で蔓《つる》を切り刻み、みんなに当たらないように石を弾き飛ばしていく。

コントロールするのにごっそり精神力が持っていかれてる気がする。

血の気が引き、一瞬クラッとして集中が切れてしまった。

倒れないように踏ん張るが、弾いた石がモルトさんに向かっていく。

(ヤバい！　当たっちゃう！)

石がぶつかる寸前、こちら側から細めの蔓《つる》が現れてモルトさんを守ってくれた。

「え？」

『キキッ！』

「リスちゃん？」

『キキッ！』

「リスちゃんすごい！　ありがとう！」

リスちゃんが手伝ってくれたおかげで持ち直したけど、私はフラフラ感がどんどん増して、立っているのもキツくなってきた。

早く終わってほしくて、みんなにバレないように攻撃にも参加してしまう。

ボス戦になってから二時間以上かかりながらも、なんとか最後の一匹が倒れたのを見た瞬間――

私は意識が飛んだ。

第六話　保護者達 side ②

少女が倒れたのを見て全員が駆け寄ってくる。

「おい！　おい!!　真っ青じゃねぇか！　大丈夫か!?」

ガルドが焦りながら少女を抱えたモルトに問う。

「大丈夫じゃないです。急いで野営地を探しましょう！」

「オレっち探しに行ってくる！」

ジュードがみんなに言ってから急いで探しに向かった。

「コルト、回復！」

ガルドが指示を出すと、コルトは少女に回復魔法をかけ始めた。

「……回復魔法得意じゃないからあんまり回復させられない……」

「魔力切れか？」

焦るコルトにガルドが予想を立てて聞く。

「おそらく。でもそれだけじゃない気がします」

コルトの代わりにモルトが答えた。

「他にも原因が？」

「わかりませんが……勘です」

「クソっ！」

ガルドは怒りの矛先をどこに向ければいいのかわからず、近くの木を殴った。

少女はずっと大量の汗を流し続けて顔面蒼白。呼吸もとても荒く、苦しそうな表情をしている。

「見つけたよー！」

急いで戻ってきたジュードが叫ぶように報告した。

「急ぐぞ！」

ガルドが少女を抱え、ジュードの先導で走り出す。

野営地に着くと急いでコルトがその場を浄化して、モルトが今まで使っていなかった大型テントをマジックバッグから出した。毛布を敷き、ガルドが少女を横たえている間にジュードが結界石を設置する。

「魔力ポーション、一つしかねぇぞ」

「とりあえず無理矢理にでも飲ませましょう」

「コルト、こいつのヴァインタミアにも回復魔法かけてやってくれ。こいつもヘロヘロだ」

「……わかった……」

コルトがヴァインタミアにも回復魔法をかける。


魔力ポーションを飲ませてから一時間後、ようやく少しだけ少女の呼吸が落ち着いた。

「少し落ち着いたでしょうか？」

「あぁ。そうだな……」

「どお？　少しは落ち着いた？」

ジュードがテントを覗いて聞く。

「あぁ。コルトが回復魔法をかけ続けてくれたおかげで、さっきよりはマシになった」

「よかったー。じゃあご飯作ったから食べよう。みんなも上位種と戦って疲れてるでしょ？　コルトもずっと回復魔法使ってたら魔力切れで倒れるよ」

「だが……」

「ガルド。目が覚めたとき、みんなボロボロの様子だったらこの子が心配するよ。心配ならご飯を食べてからまた様子を見にくればいい」

ジュードがいつになく真剣にガルドを諭《さと》した。

「……わかった」

真面目に話すジュードにガルドは頷《うなず》き、モルトとコルトもテントから退出した。

「さて、戦って疲れてるだろうからいっぱい食べてねー」

いつもの調子に戻ったジュードが全員にスープと串焼きとパンを配る。

ジュードから受け取ると、全員がいつもよりテンション低く、モソモソと食べ始めた。

◆　◇　◆

一方、誰もいなくなったテントでは、少女以外がテントの外に出たことを確認したあと、ヴァインタミアが行動を始めた。

ヴァインタミアは草魔法での援護で多少疲れてはいたが、まだ体力には余裕があり、何か質問されたりしないようにグッタリしているように見せていただけだった。

ヴァインタミアは少女のポケットに入っているリンゴを持ち出し、少女の石の短剣で器用に小さく切っていく。

リンゴの四分の一ほどを一口《ひとくち》サイズに切ったところで、少女の口に運んでゆっくり、ゆっくり食べさせる。

その間にも耳を澄まし、ガルド達の様子を窺《うかが》うことも忘れない。

少女に切ったリンゴを全て食べさせてから、自分もリンゴの欠片《かけら》を食べる。

ヴァインタミアがちょうど食べ終わった頃、ガルド達が動く気配を察知して少女の傍で丸くなった。

◆◇◆

ガルド達は少女が心配であまり食欲がなく、いつもより時間をかけながら食べていた。

「もー！　ちゃんと食べなきゃダメだってー」

ジュードに勝手にお代わりをよそわれ、渡されている。

いつもの倍以上の時間をかけて食べ終わり、全員で少女の様子を見に行くと、顔色も呼吸も普通に戻った少女が寝ていた。

「よかったねー！　もう大丈夫そうだよ！」

「あぁ……よかった」

「一安心ですね」

「……よかった……」

全員が安堵のため息をつく。

「ゆっくり寝かせてあげないとー」

ジュードの一声で、再び四人はテントから出た。


「さて。みんな疲れてると思うけど、今しか話せないだろうからねー。今日のことどう思うー？」

全員が座ったのを確認してジュードが全員に問いかけた。

「いきなり戦闘になったことにも驚いたが……それよりあいつが完全無詠唱で魔法を使えたことに驚愕《きょうがく》したな」

「相手が魔法を使うタイミングもわかってましたね」

「……すごい魔力制御……」

「そうですね。自分達に当てずに相手の攻撃だけ防いでましたからね」

「そうだねー。しかも後半はあの子も攻撃してたしねー」

「「「え？」」」

ジュード以外が驚いて声を合わせた。

「あれー？　気が付かなかったー？　最後の方だけど、オレっち達の攻撃に合わせて、あの子も魔法でビッグレッドキラーラビを攻撃してたよー」

「気が付きませんでした……」

「多分ねー。バレないようにしてたんだと思うよー」

「何故バレないようにする必要がある？」

「それは本人じゃないからわからないよー。あくまでオレっちの予想だけど……攻撃はオレっち達に任せたけど、予想外に倒すのに時間がかかっちゃったから？　あそこまで酷くなる前から、あの子すごく辛かっただろうからねー」

「……つまり早く戦闘を終わらせたかったってことか？」

「簡単に言うとそうかな？　でもオレっち達のためだと思うよー」

「俺達のため？」

「だってさー。思い出してみてよ。最初にノーマルなやつが突っ込んできたあと、すぐに上位種のムチ攻撃始まったけど、その上位種の攻撃を予想したのはあの子。ムチ攻撃の間、オレっち達だけじゃロクに攻撃できなかったでしょ？　しかも途中から上位種二体になったしねー。あの子がいなかったらオレっち達殺《や》られてるか、逃げられたとしても大ケガしてると思うんだよねー」

「間違いないですね」

「最後ヴァインタミアが草魔法を使ったのは、あいつを助けるためか……」

「そうだと思うよー」


「……気になったんだけど……あの子、戦闘中雰囲気変わった……」

「あぁ、確かに変わりましたね。何となくですが……」

「なんていうか大人みたいだったよねー」

「……自分を犠牲にして助けるつもりだった気がする……」

コルトが俯《うつむ》きながら言うと、三人も視線を落とした。


「明日、目覚めてくれるといいんですが……」

「ギリギリまで待ってもあいつが目覚めなかったら、集合場所まで抱えて連れて行く。それでも目覚めなければ街で目覚めるのを待とう。あいつがいなかったら、ビッグレッドラビに遭遇できず、依頼は失敗してた。何より俺達の命の恩人だ。保護するって決めたしな」

「よかったー。ちゃんとあの子のこと考えてて。あの子がいるのに、お昼ご飯を抜く気だったときはどうしようかと思ったよー」

ジュードの声はいつも通りだが、ガルドを見る目は笑っていない。

「い、いや……あれは……」

「あれは？」

「……スマン」

ジュードが怒っていることがわかったガルドは謝った。

「あの子、あんなに細いんだから栄養付けさせてあげなきゃダメでしょー？　ただでさえ少食なんだから、せめて回数で栄養を取らないと」

「ハイ」

ジュードによるお説教タイムが始まると、モルトとコルトは目を合わせて少女のテントに向かう。


少女が穏やかに眠る姿を見て、二人とも安堵のため息を吐いた。

「天使みたいだな」

双子だけになりモルトは口調を崩した。

「……うん……生きててくれてよかった……」

「あぁ。本当に」

モルトとコルトは優しい顔で少女を見つめている。

「多分、ジュードさんのお説教長いから先に寝ちゃおう。コルトも慣れない回復魔法で疲れてるだろ？」

「……うん……」

二人とも少女の近くを陣取って眠りについた。

二時間後、ようやくお説教が終わったガルドとジュードは、双子がいないことに気が付いた。

テントに入ると、寝ている少女のすぐ近くでモルトとコルトが眠っている。

「クッ！　取られた……」

ガルドが悔しそうに呟いた。

ジュードはそんなガルドを気にも留めず「オレっち達も寝よう」とガルドに声をかける。

二人も少女の近くに毛布を敷き、少女が元気に起きてくれることを願いながら眠りについた。

第七話　合流に向けて出発

リスちゃんのテシテシ攻撃で目が覚めた。眠い目をこすりながら開けると、私の目の前でコルトさんが寝ていらっしゃる。

「ん!?　んん？　っていうかココは？」

ムックリと体を起こして周りを確認する。

テントの中だろうか？

私は毛布の上に寝ていて、みんなすぐ側で眠っていた。

みんな一つのテントで寝るとか……修学旅行とかお泊まり会ですか!?　この状況は腐女子が喜びますね！

とりあえずみんなを起こさないように、抜き足、差し足、忍び足……

こんな感じの泥棒ネタあった気がするけどなんだっけ？

無事、誰も起こさずにテントの外へと脱出に成功！

いつも目が覚める時間よりも遅い時間らしく、周りはだいぶ明るかった。

「(リスちゃんおはよう。昨日どうなったの？　あのテントの状況はなに？)」

ボス兎が倒れたのを見てから記憶がない私は、みんなを起こさないように小声でリスちゃんに尋ねた。

リスちゃんは小声で鳴きながらジェスチャーで教えてくれる。

話を要約すると、ぶっ倒れた私をみんなが介抱してくれて、このテントに運んでくれた。それで四人にバレないように、リスちゃんがいつものリンゴを食べさせてくれて、復活できたってことらしい。うん。ボディランゲージでもわかりやすい。

「(そっかぁ。リスちゃんも心配してくれたでしょ？　リンゴ食べさせてくれてありがとう！　ごめんね)」

イイってことよ！　とグッと腕を出された。

(それ、サムズアップですか⁉　器用ですね！　指がちっちゃくてわかりにくいですよー！　それにしてもリスちゃん、段々動きが人っぽくなってきてない⁇)

昨日、大量に汗をかいたせいで服が湿っていて、気持ち悪いので生活魔法を試してみる。

お風呂入ってスッキリして、洗濯した服を着るのを想像しながら……「(クリーン)」と小声で唱えてみると……ポワッっと体が暖かくなった。

よかった。成功した。これで私にも生活魔法が使えることがわかった。前に火熾《おこ》しするときに失敗したのは、攻撃魔法の火を想像したからかな？

一人で納得していると、リスちゃんがソワソワし始めた。

「(ごめん、ごめん。朝ご飯のリンゴ食べようか)」

小声でリスちゃんに言うと満足そうに頷《うなず》かれた。

リンゴを食べ終わり、日課のストレッチをしているとみんながテントから出てきた。

「おはようございます！」

私が笑顔で挨拶をすると勢いよくみんなが寄ってくる。コルトさんに抱きしめられたと思ったら、みんなに撫でられたり抱きしめられたりとギュウギュウと揉みくちゃにされた。

「目が覚めてよかったよー。もう無理しちゃダメだよー？」

ジュードさんが言うとみんな口々に心配したと声をかけてくれた。

「心配かけてごめんなさい。ありがとう！　もう大丈夫！　バッチリ元気！」

頭をペコリと下げて謝り、元気をアピールするのに力こぶを作って見せると、四人はまた代わる代わる頭を撫でてくれた。

「嬢ちゃんが復活したところでご飯作るねー。嬢ちゃんはゆっくり休んでてな」

私の頭をポンポンしてから、ジュードさんは昨日使ったと思われる焚き火の方へ。

「……ストレッチ……もうしたの……？」

ジュードさんが離れるとコルトさんに聞かれた。

「ストレッチってなんだ？」

「自分も初めて聞きました」

ガルドさんとモルトさんが首を傾《かし》げながら聞いてくる。

「……ストレッチは……体を温めて……動きやすくする運動……」

コルトさんが代わりに説明してくれた。

無表情なハズなのに、若干ドヤ顔をしている気がするのはなんでだろう？

「なんでコルトが知ってんだ？」

「……昨日……一緒にやった……ね……？」

ガルドさんがちょっと不満そうに言い、コルトさんは私に同意を求めるように首を傾《かし》げた。

「今ちょうどやってたの。コルトさんがしたいならまた一緒にやる？」

「……やる……いい……？」

「もちろん！　みんなもやる？」

「やる」

「えぇ。教えてください」

「えー。何？　何？　みんなで何かするのー？」

いざ始めようとするとジュードさんがこちらに来た。

ストレッチの説明をすると、あとは煮込むだけだからとジュードさんも参加するらしい。

「じゃあ、みんな動きやすいように広がって私の真似してね」

ゆっくりとストレッチしていく。

「これ、体がポカポカしてきますね」

モルトさんが言うとみんな頷《うなず》いた。

「(……明日からやるとき起こして……)」

「(わかった。朝早めだけど大丈夫?)」

「(……大丈夫。起こして……)」

コルトさんに小声で言われたので、同じように私が小声で返事をすると満足そうに頷《うなず》かれ、頭を撫でられた。

みんな頭撫でるの好きだね！　私も撫でられるの好きだから全然ウェルカムだけど！


「スープできたからご飯にするよー」

今日はコルトさんとジュードさんの間に座らされ、いただきますと手を合わせてから食べ始める。

「昨日の夜食べてないんだから、いっぱい食べてねー」

ニッコリと笑顔でジュードさんに言われたけど、若干笑顔に圧がある気がするのは気のせいだろうか?

結局いつもと同じくらいの量でおなかいっぱいになり、ご馳走様と言うとジュードさんは不満そうに口を尖らせていた。

(リンゴも食べてるしそんなに入らないよ！　仮にリンゴ食べてなくてもみんなみたいな量は食べられないからね！)

「今日も美味しかったー！　おなかパンパン！　ジュードさんのご飯美味しいから好きー！」

笑顔で言うと、ジュードさんの機嫌は直ってくれたっぽい。

ちょっとわざとらしいかと心配したけど、大丈夫だったので安心してホッと息を吐く。

全員が食べ終わり、落ち着いたところでガルドさんが話し始めた。

「今回、予定していたよりも森の奥に入っている。今日から日中は急ぎめで合流場所に向かう。途中で休憩は取るが、無駄な戦闘は避けていくつもりだ。お前さんは誰かしらの背中な」

「はーい！　ありがとう！」

元気よく返事をするとガシガシと頭を撫でられた。

みんなで片付けをして、私はガルドさんの背中へ。

「今日はジュードも索敵するが、途中魔物と遭遇しそうなら教えてくれ」

「はーい！」


走る。走る。ひたすら走る。

私はみんなの背中に引っ付いているだけ。

「そういえば狙ってた素材は手に入れたんだよねー？」

背中で揺られながらガルドさんに聞く。

「あぁ。お前さんのおかげで手に入った」

「よかったー！」

「お前さんは……いや。なんでもない。もう無理すんじゃねぇぞ？」

「うん！」

何か言いかけたのも気になるが、言われないなら気にしない方がいいだろうと、ギュッと掴まる腕に力を込めて返事をした。

「ねぇねぇ。合流したあとってどうするの？　その人達に素材を渡すの？　逆に素材を受け取るの？　それともその人達と一緒に街に行くの？」

「いっぺんに聞くな。この森はものすごく広いんだよ。合流は素材を双方が集められたかどうか確認をするためだ。どっちかがダメだったらもう一方が手伝いに行くって話になってる。両方手に入れていたら一緒に街に向かう」

「両方ダメだったら？」

「また各パーティで探しに行く。まぁ今回、俺達は手に入れたから、手伝うか街に戻るかだな」

「なるほどー」

「(手伝いたくねぇな。絶対こいつに近付かせねぇ)」

「ん？　ごめん。聞こえなかった」

「なんでもねぇ！　離れるなよ！」

「え？　うん！　ちゃんとくっ付いてるよ？」

ギュッと掴んでいる腕に、さらに力を入れながら答える。

「そうじゃねぇ！」

「え？」

「なんでもねぇ！」

（おんぶ状態から離れるなって、これ以上くっつけなくない？　ボディビルダーみたいにマッチョだったら骨折るくらいの力で抱き締められるだろうけど……なんで不機嫌？　……解せぬ）


ガルドさんと話していたら魔物の気配を察知した。

「あ！　この先四キロくらいに何かいるよ！」

「わかった」

到着すると、昨日戦ったのと同種のバッタが三匹いた。

みんなが戦っている間、私はまた待機。でも、待ってる間おんぶじゃなくて、コルトさんと手を繋《つな》いでの待機。何もできない子供から、ちょっと進歩したと思いたい。

戦闘後少し休憩することになり、ジュードさんが水をコップに入れて渡してくれた。

「ちゃんと水分も取らなきゃダメだよー？　はい、飲んで。いつもオレっち達に遠慮して言わないんだから」

リンゴ食べてると全然喉渇かないから、飲みたいと思わなかっただけなんだけど……そして今も特に喉渇いてないんだけどな……

「あ、ありがとう！」

一応お礼を言うと、「ちゃんと飲んでね」と念を押されたので、胃が受け付けないまま水を飲み込んだ。

飲んだのを確認したジュードさんに満足そうに頷《うなず》かれた。

(水で胃がタプタプ……背中で揺られたらマーライオンになる気がするよ……)

休憩が終わると、今度はジュードさんにおんぶしてもらって出発する。

うっ……めっちゃ揺れるぅ。気持ち悪いぃぃぃ。マーライオンはダメよ！　耐えるのよ！

気を紛らわすようにジュードさんに話しかける。

「ねぇ、ジュードさん。いつもスープに入っている赤いやつ、名前なんて言うの？」

「皮むくやつー？」

「そうそう！」

「あれはポテ芋って種類で赤ポテっていうんだよー」

(じゃが芋モドキがポテ芋ねー。赤ポテっていうのは赤いからか)

他の野菜も説明してくれたのをまとめると……

人参はキャロ。玉ねぎはタマネ。キャベツはキャベツ。大根はダーコンだった。

なんで人参だけ英語っぽいんだろうか。他の野菜はお馴染みの名前と似てるから間違えたりはしなくて済みそう。

「街に着いたら一緒に買い物に行こうねー」

「本当に⁉　いいの⁉」

「いいよ、いいよー。もちろんだよ！」

「やったー!!　約束ね！」

テンション高くジュードさんと約束したあと、はたと気が付く。

「あ！　でも私お金持ってない……」

「大丈夫だよー。食材はオレっち達も食べる物だし、それ以外でも、嬢ちゃんみたいな小さい子にお金払えなんて言わないよー」

「でも申し訳ないよ」

「そういうときはありがとうって大人に任せちゃえばいいんだよー。特にガルドさんなんて、嬢ちゃんが『買って！』って言ったらなんでもすぐ買ってくれるよー」

ジュードさんが笑いながら言う。

ガルドさんって〝怖い顔〟発言でヘコんでたっていうし、嫌いじゃないっていうよりむしろ子供好き？


そのあとは戦闘を回避するように走り続け、ジュードさんが見つけた場所でお昼ご飯タイム。

ジュードさんをお手伝いしながらお昼ご飯を作る。相変わらずすごい野菜の量だった。

仕込みが終わり、あとは煮込むだけになったので、ジュードさんに調味料を聞いていく。

塩。胡椒。砂糖。バター。コンソメ。

ジュードさんが見せながら説明してくれた。

胡椒と砂糖も特に高価！　ってワケではないらしい。名前も同じ。わかりやすくてありがたいね！

コンソメキューブがあることにもビックリ。コンソメは他の調味料と比べるとちょっと値段が高いみたい。ただ、街では普通に売ってるモノなんだそう。

日本人的にはやっぱり醤油と味噌が欲しい。欲をいえばソースも。そして米！　炊きたてのホカホカご飯が食べたいよー！

お鍋が煮えてスープができたのでみんなで食べ始めたけど、私はさっきの休憩で飲んだ水のせいで全然入らない。早々にご馳走様をしてしまった。

むしろスープ一杯を食べたのを褒めて欲しいくらい。おなかがはち切れそうです！

みんなが食べている間におなかを少しでも落ち着かせようと、私はすぐ近くの木の根元に座った。木に寄りかかっていると、どこからか日本の食卓の香りがしてきた。

クンクンと嗅ぎながら匂いの元を辿る。

クンクン。これって……クンクン。多分そう。あった！

あれ？　木の実ですね。

不思議に思って頭上の木の実を見つめていると、リスちゃんが察してくれたのか、木に登って器用に蔓《つる》を使って三つ取ってきてくれた。

木の実はリンゴと同じくらいの大きさだった。

「リスちゃん素敵！　大好き！　ありがとう！」

リスちゃんが取ってきてくれた木の実の一つの匂いを嗅ぐとやっぱり醤油の匂い。でも二つ目の匂いは味噌。三つ目も味噌。

何故同じ木から二種類の調味料の匂いが？　よくわからないけど、とりあえずラッキー！

リスちゃんに食べられるか確認すると、毒じゃないけどしょっぱ過ぎて食べれたもんじゃないわよ！　と頬をテシテシしながら説明してくれた。

毒じゃないなら大丈夫！　私の勘が大丈夫って言ってる！　いや、言ってない。私が食べたいだけ！

夜ご飯は豚汁モドキを作らせてもらおう！


木の実を抱えてスキップしながら、ルンルンとみんなのところへ戻ると怒られた。

「おい！　どこに行ってた？」

「あっちー」

「みんな心配してたんですよ。離れちゃダメでしょう」

モルトさんにも注意された。

「そんなに遠くに行ってないもん」

「まぁまぁ。嬉しそうだけどどうしたのー？」

ジュードさんがテンションの上がった私の様子に気付いてくれた。

「(さっきまですげぇ怒ってたくせに)」

「ガルドさんー？」

ガルドさんがボソッと呟くと、ジュードさんが目ざとくガルドさんを呼んだ。

「ナンデモアリマセン」

ガルドさんはジュードさんに敵《かな》わないらしい。

「あのね！　あのね！　コレ見つけたの！」

私は興奮状態で取ってきた木の実をみんなに見せる。

「ん？　これミソの実とショユの実じゃねぇか」

ガルドさんが教えてくれた。

「そんな名前なんだ」

「これ、食えたもんじゃねぇぞ？」

「これはね！　そのまま食べちゃダメだよ！」

「え？　これって何かしたら食べられるのー？」

ジュードさんは自分が料理担当だから気になるみたい。

「これはね！　調味料なんだよ！　ご飯が美味しくなるよ！」

「「「えぇ!?」」」

「嘘だろ？」

「嘘じゃないもん！　本当だもん！」

「わかった。今日の夜作ってみよー？　それで食べてみればいいんだよー。使い方はわかるんだよね？」

ガルドさんと軽く言い合いになると、ジュードさんが助け舟を出してくれた。

「うん！　これが私の思う調味料だったらバッチリだよ！」

「じゃあ夜ご飯は一緒に作ろうか？　信じられないなら、ガルドさんは嬢ちゃんが作ってくれたご飯食べなきゃいいんだよー」

「むっ！　俺も！　俺も食うぞ！」

「ガルドさんは放っておいて大丈夫だからねー。あー、楽しみだなー」

「食うって！　おい！」

「大丈夫です。いつものことですよ」

二人のやり取りにオロオロと心配していると、モルトさんが答えてくれた。

ガルドさんはモルトさんが言っていた通り、いじられキャラらしい。

「その実はジュードさんに預かってもらって出発しましょう」

私がジュードさんに木の実を渡すと、モルトさんが私に背中を向けてしゃがんでくれた。


午後イチはモルトさんの背中みたいです！

「早めに着きたいので、午後も敵はなるべく避《よ》けて行くそうです」

モルトさんが走りながら教えてくれた。

さっき私が木の実に夢中になっている間に話したのかな？

「はーい！」

「そういえばさっきの移動中、ジュードさんと盛り上がってましたが、何を話してたんですか？」

「んとねー、街に着いたらお買い物行こうねって話してたの」

「それはいいですね」

「ジュードさんね、私がガルドさんに『買って！』って言ったらなんでも買ってくれるよって笑ってたんだよー」

「ぶふっ！　そうですね。絶対買ってくれると思いますよ」

噴き出して笑いながらモルトさんも肯定した。

「そんなワガママ言わないよ？」

ただでさえ、現在進行形でお世話になりまくってるしね。

「欲しい物ないんですか？」

「特に思い付かないかなぁ？」

「じゃあ街に着いたら何がしたいですか？」

「街を見てみたいの！　何があるかわからないから！」

「では、自分達が街を案内しましょうか？」

「本当？」

「えぇ。もちろんです」

「やったー！」

嬉しくて腕にギュッと力を込める。

「ふふっ。そんなに喜んでもらえると自分も嬉しいです。とりあえず街に着いたら宿でゆっくり疲れを癒しましょうね」

「宿！　お泊まり？　お風呂……ある？」

「そうですね。ではお風呂がある宿に泊まりましょう」

「やったー！」

お風呂あるのか！　よかったー！　異世界冒険物とかだと、お風呂って高級宿にしかなかったり、贅沢品だったり……そもそも概念がなくて、自分で作るしかないとかだったらどうしようかと思ったよ。すんなり返事してくれたってことは高級とかじゃなくて普通にありそう！　さすが私の夢の中！　やっぱり湯船に浸かってゆっくりしたいよねー。楽しみだわー！

話しているとガルドさんから号令がかかり、休憩になった。

みんなずっと身体強化をして走っているからか、流石《さすが》に疲れてるみたい。

「モルトさん、大丈夫？」

「大丈夫ですよ。心配してくれてありがとうございます」

モルトさんが笑顔で答えてくれたけど、疲労感を滲《にじ》ませている。

「ずっと走ってるからな。今日は早めに野営場所を決めて休むぞ」

ガルドさんが安心させるように言ってくれた。

休憩が終わると今度はコルトさんの背中へ。

コルトさんにおんぶしてもらって移動するのは初めて。全然揺れなくてとっても快適！　快適過ぎて眠くなってくる。

コルトさんは、普段あんまり喋らないから無言も気にならない。

最初は頑張って起きてたけど、時間が経つにつれて睡魔に負け、寝てしまった。

「……起きて……着いたよ……」

コルトさんに甘めな声で囁《ささや》かれ、意識が浮上した。寝ぼけている私を優しく降ろしてくれる。

「うーん……寝ちゃってた。ごめんね。コルトさん」

「……しっかり掴まってくれてたから大丈夫……」

「なんだ？　疲れたか？　大丈夫か？」

コルトさんに撫でられてる私を見て、ガルドさんが心配そうに聞いてくれた。

「ううん。コルトさんの背中、全然揺れなくて忍者みたいだったから安心して寝ちゃっただけ」

「……安心……」

ヘラっと笑いながら言うと、ちょっと嬉しそうにコルトさんが呟いた。

「ニンジャがよくわからないが、大丈夫なんだな？」

「戦ってくれるのもみんなだし、背中に乗せてもらってるだけだから疲れるとかないよ。大丈夫」

「大丈夫ならいいが、病み上がりなんだから無理すんなよ？」

「はーい！」

心配してくれているガルドさんにニッコリと笑いかけた。

「嬢ちゃんご飯作るかい？」

「うん！」

さてさて、お待ちかねのご飯作りですよ！

「昼に取ってきたミソの実とショユの実、使うんだよねー？」

「うん！　串焼きのお肉、分けてもらってもいい？」

「いいよー。他の材料は何がいるのー？」

「うーんとね。キャロ、ダーコン、タマネ、ネギ草《そう》。あと赤ポテとキノコ！」

こんにゃくとゴボウと里芋ないけどいいよね。豚汁モドキってことで！　生姜も欲しかったけど、あるかわからないしね。里芋の代わりにじゃが芋入れちゃうよ！

「あ！　あと干し肉ってあったりする？」

異世界冒険物によく出てくる干し肉を思い出してダメ元で聞いてみた。

「あるよー」

言いながらポンポンと材料を出してくれる。

「調味料は……塩、胡椒、バターとお昼の木の実三つ！　それからお鍋とフライパンをお願いします！」

「フライパン？」

なんと！　フライパンないの⁉

「煮込む鍋とは別に炒めるための鍋みたいな……底が浅いやつってない？」

「あぁー！　あるよー。嬢ちゃんはあれをフライパンって言うんだねー」

しょんぼりしながら聞くと、出してくれたのは直径三十センチの雪平鍋みたいなやつだった。

ジュードさんにはいつもの串焼きを作ってもらい、私は材料を切り始める。

豚肉モドキはブロックなので薄めにスライスしてから適当に一口《ひとくち》サイズに。玉ねぎは薄めのくし型。大根と人参はいちょう切りに。ネギは短冊切り。じゃが芋は皮をむいて小さめの一口《ひとくち》サイズ。

野菜は量がすごいのでジュードさんに手伝ってもらって皮むきとカットをしていく。

雪平鍋でまずお肉の半量を炒めて油をだしてから、玉ねぎ、人参、じゃが芋、大根を半量ずつ入れて塩コショウで炒める。

ひとまず炒めた雪平鍋の中身をスープ鍋に移動して、残りの豚肉と野菜を炒める。

スープ鍋も火にかけて全体が馴染むように再度少し炒めて水を……って思ったけどジュードさんが近くにいない！

ジュードさんを探してる間に焦げそうだから水魔法使っちゃおう！

スープ鍋に水を入れたら干し肉を細かめにちぎって投入。出汁《だし》が出ることを祈るよ！

煮込みながらアクを取っていくんだけど……

アクが強い！

某芸人さんみたいなツッコミが出ちゃうくらいの大量のアク。

あれは〝クセ〟だっけ？

しばらくしてアクが落ち着いたらあとは煮込むだけ。

煮込んでる間にもう一品作ろうと、雪平鍋に残しておいたじゃが芋を少量の水で茹でた。じゃが芋に火が通ったら水を捨て、外側がカリカリになるように時間をかけて肉の脂で炒めていく。

スープ鍋を確認すると、野菜に火が通っていたのでミソを……

ってあああぁぁぁぁぁぁ！　これどうやって入れよう!?　潰す？　ミソだよ？　手で握るの？

あ！　鍋の中で潰して木の実の皮を取り除けばいいんじゃん！

すぐに解決策を思い付いて、ホッとしながらミソの実を投入して木の実の皮を回収した。

鍋をかき混ぜながら味見をするとちょっと薄かったので、二つめを投入。

うん。今度は大丈夫！　ちゃんと干し肉で出汁《だし》出てるし。ミソの実二つあってよかった！

ちょっと物足りない気がするけどしょうがない。許せる範囲！

ネギを入れてかき混ぜ、味を染み込ませるため即席竈《かまど》の火を調整して弱火にして煮込む。

雪平鍋のじゃが芋も周りがカリカリになってきたので、キノコを乱切りにして投入。塩コショウで軽く炒めたらバターを入れる。

んー。いい匂い！　お米で食べたい！

鼻歌を歌いながら炒めてバターが絡んだら、ショユの実にフォークを刺して中のドロっとした液体で味付け。焦げないように炒めながら胡椒を多めに入れたら、じゃが芋とキノコのバター醤油炒めもできあがりー！

あぁ。おなかが空く匂い！

スープ鍋の味を確認するとこっちの豚汁モドキもよく煮込まれていた。

「できたよー!!」


みんなを呼ぶとすぐ集まってくれた。

「すごく美味しそうないい匂いです。おなかが減りますね」

モルトさんがそう言ってくれたけど、私はドキドキ。

ジュードさんがみんなに豚汁を配ってくれるけど、何故かガルドさんには串焼きしか渡さない。

「おい。俺には?」

「え? ガルドさんは嬢ちゃんが作ったの食べないんでしょー?」

ニヤニヤしながらジュードさんがガルドさんをからかう。

お昼のネタを引っ張ってきたらしい。

「……おなか減った……」

おぉ! どうしようかと思ったけど、なんとコルトさんから助け舟が!

「はい。おなか空きました。そんなこと言ってないで早く食べましょう。せっかくの料理が冷めてしまいます」

「ちぇー。面白かったのにー」

モルトさんからのさらなる援護を受けて、ジュードさんは不満そうにガルドさんに豚汁を渡した。

じゃが芋とキノコのバター醤油炒めは大皿に入れて円になって座っているみんなの真ん中へ。

「「「「いただきます！」」」」

私はドキドキしながらみんなの様子を窺《うかが》う。

「「「！　！　！」」」

「うめぇ！」

「美味いねー！」

「とても美味しいです」

「……美味しい……」

みんな口々に感想を言ってくれるけど、一斉に言われると理解できない。

全員がガツガツと食べ始め、早速おかわりまでしているのを見て、作った料理が受け入れてもらえたと実感した。ホッとため息を吐き、私も食べ始める。

うん。豚汁はやっぱりちょっと物足りないけどまぁまぁイケる。豚汁にゴボウって大事ね！

じゃが芋とキノコの方は普通に美味しい！

バター醤油炒めは早々になくなり、今は最後のスープのおかわり争奪戦までに発展している。

あ。ジュードさんが勝ったみたい。ガルドさんガックリしてる。可愛いな！

私も食べ終わり、ご馳走様をしたところでモルトさんに話しかけられた。

「とても美味しかったです。ありがとうございます」

「豚汁はちょっと足りないモノがあったけど……気に入ってくれてよかった！」

「トンジル……このスープはトンジルと呼ばれているんですね」

（あ！　普通に豚汁って言っちゃった！）

「このお肉が私が知ってる豚肉っていうお肉に似てて……私が元々いたところだと、豚やトンって呼んだりするの。汁っていうのは主にスープのことを示すんだ」

「これはオーク肉ですね」

「え⁉」

マジで⁉　オークってあのオーク⁉　異世界冒険物によく出てくる……そういえば、前にそれっぽい猪八戒《ちょはっかい》と戦ったな……

「その原理だとオークシルかオークスープですかね」

「美味しくなさそう……」

「そうですね。なのでそのままトンジルでいいと思います。さっきの炒め物はなんですか？」

「あれは、赤ポテとキノコのバター醤油炒めだよ」

「炒め物の方がショユの実だったんですね」

「うん。豚汁はミソの実だよ」

「二つとも今まで食べられないと思っていたのでビックリしましたが、とても美味しかったです。またぜひ食べたいですね」

「うん！　オーク肉を入れないで野菜のスープにミソの実入れるだけでお味噌汁になるよ。またミソの実見つけたら食べようね！」

「オミソシル……ミソスープですね。ぜひそのオミソシルも食べてみたいです」

モルトさんはニッコリ笑いながら頭を撫でてくれた。

「ねぇねぇー。そのトンジルに足りないモノってなにー？」

豚汁を食べ終わったジュードさんに聞かれた。

「ゴ……んとね。細長くて繊維質で硬い……野菜？」

「んー。なんだろー？」

「……ゴボの木……」

コルトさんがボソッと発言した。

「あぁ！　そうかも！　あれもなかなか食べないねー。森とかで食べる物なくなったときに現地調達で食べる、非常食のイメージだよねー。あれも美味しくなるの？」

ゴボウは木なんだ……

「私が言ってる野菜がそのゴボの木だったら美味しいよ！　豚汁とかにささがきにして一緒に煮込むの。他にも刻んで炒めたきんぴらとかもあるし……」

「へぇー。ゴボの木にもいろいろな料理があるんだねぇー。嬢ちゃん料理詳しいねー。ミソの実とショユの実みたいに何かあったら教えてなー。嬢ちゃんが言うんだからきっと美味いんだろうなー」

「気に入ってもらえるかわからないけど……」

「きっと大丈夫ですよ。今日のトンジルもバタージョウユ炒めもとても美味しかったですから」

「うん！　えへへ」

モルトさんに優しく頭を撫でられて、元気に返事をした。

そのあとは、ガルドさんから明日の予定を聞いた。明日には集合場所に着けるらしい。今日と変わらず戦闘回避で走っていくみたい。明日もお世話になります。

「さて。そろそろいい時間ですし、片付けて休みましょう。今日もテントを出しますので少し待っていてくださいね」

「はーい！」

みんながバラバラに行動しているので、ご飯の片付けを手伝おうとジュードさんの近くに行くと、「ご飯作ってくれたんだから、ゆっくりしててー」と言われてしまった。

それなら今のうちにリンゴを食べちゃおうと、周りを確認して木の陰に移動した。

「（リスちゃん。お待たせ！　今なら大丈夫そう。リンゴ食べよう）」

小声でリスちゃんに言いながら、リンゴを切ってリスちゃんに渡す。

いつも通り二人で食べ、みんなの下へ戻った。

バレてないかドキドキしてるとテントから揉めてる声が聞こえてきた。

なんだろう？　とテントへ行くと「よっしゃー！」とガルドさんが叫んでる姿が。

何があった？　と首を傾《かし》げていると、気付かれて手招きされたので近付く。

「寝るぞー」

何かあるのかと思ったら何もないんかい！

毛布を敷いてもらい、みんなにおやすみなさいを言ってから横になる。夜ご飯の豚汁とリンゴでおなかいっぱいな私はすぐに睡魔に襲われ、眠りについてしまった。

第八話　ご飯支度中の保護者 side

少女はジュードに材料を出してもらい、気合い充分に野菜を切り始めた。

ジュードは少女の指示通りに野菜を切るのを手伝い、串焼きを焚き火に立てる。自分の作業が終わったのを確認すると、示し合わせたように少女から少し離れたところに全員が集合した。

「本当にミソの実とショユの実食うのか？」

心配そうにガルドが聞く。

「みたいだよー」

「あのキラキラした顔と気合いの入り具合を見たら、嫌とは言えないですよ」

ジュードが肯定し、モルトが苦笑いしながら言う。

「……大丈夫だと思う……」

「なんでそう思うんだよ？　ミソの実とショユの実だぞ？」

「……勘……」

「勘かよ！」

「あの子があんなに一生懸命に作ってくれてるんだから食べてあげないとー。あの量見てみなよー。完全にオレっち達のためでしょ？　オレっちは食べられるって言うなら食べてみたいけどねー。どうなるのか楽しみだよー」

「そうですね。食べられないと言われていた木の実ですからね」

全員、心配そうに少女を見つめるが、少女は集中していて気が付かない。

「それにしても……よくこの量の食材持ってたな？　普段なら考えられないだろ？」

「そうですね。自分も野営で毎食こんなに豪勢な食事ができるとは思ってませんでした」

「食材はなんかあったとき用にいつも多めに持ってるんだけど、ちょうど安かったから大量に買ったばっかりだったんだー。タイミングよかったよねー」

「パンもいつもなら黒パンですしね」

「パンは本当はオレっちが食べようと思ってたやつ！　あの子だけに食べさせたかったけど、気にしそうだし、警戒して食べないかと思ってみんなにも出したんだよー！」

「お……おぅ」

「ありがとうございます。美味しくいただいてます」

「実際は警戒のけの字もないけどな」

「そんなことないよー。あの子、よくオレっち達のこと見てるよー。まぁ警戒ってよりは確認だろうけどねー」

「あぁ。そうですね。自分達がどうするのか確認してから行動することが多いですね。今のように夢中になっている姿を見るとやはり子供なんだと思いますが、たまに三、四歳とは思えないほど大人びています」

「そうそうー。冷静に物事を見渡してるよねー。だからみんなで同じ物食べなきゃ、余計に気にしちゃうでしょー？　いつもの野営のただの塩スープと串焼きに黒パンじゃ、あんなに細いのに栄養が足りないよー」

「ジュードさんが言う、ただの塩スープも他のパーティの野営飯に比べたらはるかに美味しいんですけどね」

「あんなにまずい物食べたくないよー。確かに食べられればいいだろうけど、どうせなら美味しいのが食べたいじゃんー」

「俺達は美味いメシでありがたいな」

ガルドの言葉にモルトとコルトがうんうんと頷《うなず》く。

「でも、ミソの実とショユの実の使い方を覚えてるのが気になるよねー。あと浅鍋をフライパンって言ってたり……そういう記憶は残ってるのかなぁー？」

「そう言われるとそうですね。あのとき無邪気に興奮していましたしね。料理を進んでやっていますし、好きと言っていたことから記憶が抜けてる部分とは直接関係ないのかもしれません」

「思い出させて混乱させるなよ？　この森で離れたら見つけられないかもしれないからな。記憶を失うくらいのトラウマを思い出させるより、新しく覚えさせる方があいつのためにもいいだろう」

ガルドの言葉に全員が頷《うなず》いた。

「そういえば全然話変わるけど、あの子お金持ってないって気にしてたよー」

ジュードが話題を変えるように発言した。

「荷物を持っていないとなると身分証も持ってなさそうだしな……身分証がなければ街に入るのに銀貨が必要だが、それくらい俺達が払ってやればいいだろう」

「買い物行ったときに何でも買ってあげるって言ったら申し訳ないってー」

「申し訳ないって……ガキの発言じゃないだろ」

「たまにそういう発言するよねー。普段は無邪気なんだけどねー」

「おそらく育ってきた環境じゃないですか？　理解力や説明の仕方も年齢の割にしっかりしていますし」

「冷遇されてたのかもねー。包丁の使い方も慣れてる感じだったから、あの年齢で普段から料理してたんだと思うよー。ただ、奴隷《どれい》や召使いとして働いてた感じじゃなさそうなんだよねー。何となくだけど」

「元々いた環境がわからないまま、親元に送るのも考えものですね」

「街に着いて、落ち着いたら聞いてみるか」

「あぁ。街で思い出しました。彼女、お風呂を知ってたんですよ」

「風呂？　風呂があるのって高級宿か貴族の家くらいだろ……」

「はい。なのでビックリしたんですが、何故知っているのか聞くと混乱するかと思って聞けませんでした。ただお風呂を知っているとなると親は貴族かもしれませんね」

「貴族で冷遇って……庶子とかか？」

「その辺は本人に聞かないとわかりません。ただ……親の話を一切しないので、そもそも親のことを覚えてるのかもわかりません。しかも欲しい物は特にない。街を見て歩きたいと言っていましたね」

「無欲過ぎるだろ……」

「えぇ。街に何があるのかわからないからと……」

「まさか街に行ったことがないとか言わないよな？」

「わかりません」

「だよなぁ……」

全員がなんとも言えない表情になる。


「あぁー！　そういえばさー！　あの子距離、わかってたよねー？」

「距離って？」

「あの子、ここからあっちに四キロとか三キロとか言ってたでしょー？　忘れちゃったの？」

「ムッ。覚えてる。それがどうかしたのか？」

「あぁ！　そういうことですか。そう言われるとそうですね」

「どういうことだ？　わかるように説明しろ」

「ジュードさんが言っているのは距離の単位のことですよ。普通の子供なら感覚やスキルで距離はわかってもそれが三キロであるとは言いません。キロやメートルを本質的に理解していなければキ・ロであるとは断言できないんですよ」

「ん？」

「つまりですね。距離の単位を理解しているのは、あの幼さで相当の教育をされてきたということです」

「あぁ！　なるほど。やっとわかったぜ」

「なんでしょう。ものすごく記憶のあるなしがチグハグですね」

「だよねー。謎しかでてこないよー。この感じだと読み書き計算はできるけど、お金の払い方知らないとかありそうー」

笑いながらジュードが言うが、聞いた他のメンバーは真顔になった。

「なぁ。あいつ金持ってないって言ってたんだよな？」

「うん。言ってたよー」

「そもそも金……見たことあると思うか？」

「「「……」」」

「ま……まさかー！　さすがにそれはまさかでしょー」

ジュードが焦ったように笑いながら否定するが、全員が少女の持つ知識のチグハグ具合から否定しきれないと思った。

「あぁ……話せば話すほど訳がわからん」

「そうですね。ゆっくりと徐々に聞いていくしかないでしょう。自分達だけで話してると憶測の域を出ないので、自分達の混乱に拍車がかかる気がします」

モルトの発言に全員疲れたように頷《うなず》くと、ちょうどそのタイミングで香ばしく食欲をそそる匂いが辺りに充満した。

「なんだ。この美味そうな匂いは！」

「おなかが減りますね」

「……食べたい……」

「もうできあがりかなー？」

ジュードが言ったあとに「できたよー」と言う声が聞こえ、四人は急いで少女の下へと向かう。

そして少女が作った料理の美味しさに、全員が驚いたのだった。

第九話　合流に向けて

朝、いつも通りテシテシとリスちゃんに起こされた。

うーん……枕がある？　いつも何もなかったのに……

目を開けるとテントの中だった。

すぐ近くから気配がして、ムックリ体を起こすと気配の主《ぬし》はガルドさんだった。

なんと腕枕をしてくれていたらしい！　いつの間に！

優しいね！　その腕が痺れてないことを祈ります！　いくら幼女とはいえ、頭って重いだろうからね。

みんな静かに寝てるわー。イケメンはイビキとか、かかないんですね！

さて、起きてリンゴ食べましょうかね。

今日もみんなを起こさないように抜き足、差し足、忍び足でテントを出た。

大きく息を吸い込み、昨日そのまま寝ちゃったから顔を洗い、クリーンを唱えてさっぱりさせる。

「(リスちゃんおはよう！　朝ご飯タイムにしよう。まだみんな寝てるからゆっくり食べて大丈夫そうだよ)」

『(キキッ)』

「(はい。どーぞ。今日もおなかいっぱい食べてね。食べて口漱《すす》いだら、コルトさん起こして一緒にストレッチだよ)」

『(キキッ)』

わかってるから大丈夫って言ってる感じかな？

リスちゃんの鳴き声の意味を予想して二人で分け合ってリンゴを食べた。

食べ終わったら、テントに入ってコルトさんを起こす。

「(コルトさん。コルトさん起きて。ストレッチするよー)」

「……んん……うん……おはよう……」

「(おはよう！)」

もそもそと眠そうに目を擦《こす》りながらコルトさんが起き上がった。

寝ぼけてるの可愛いな！

コルトさんを連れてテントを出てからリスちゃんと三人でストレッチを始める。

時間をかけてストレッチを終えても、みんながまだ起きてこない。

どうしようかな？　私のせいでコルトさん起こしちゃったしな……起こしてって言われたからなんだけど。


「……ねぇ……」

「ん？　なーに？」

「……この前歌ってた歌、聴きたい……」

「この前歌ってた歌？」

歌なんか歌ってたっけ？　カラオケは好きだけど。

「……会った次の日の夕食前に歌ってた……」

会った次の日の夕食前？

「あぁ！　まったりした時間のときか。歌ってたかも……聞こえてたんだね」

無意識の歌聞かれてたってめっちゃ恥ずかしいじゃん！

「……うん……歌ってた……あれ……聞きたい」

「うぅ……改めて言われると恥ずかしい」

「……ダメ……？」

くっ！　小首を傾《かし》げながら聞かないで！　イケメンがやると破壊力抜群だから！

「あの曲じゃなくてもいい？」

「……ん……歌ってくれるならなんでもいい……」

じゃあ……やっぱバラードの方が聞き取りやすいだろうし、悲しい曲よりは明るい恋愛系の方がいいかな？

あの曲にするか。代表的なラブソング。

「恥ずかしいからあんまり真剣に聞かないでね」

前置きしてから歌い出す。

歌い終わってからふぅと息を吐いた。

「……その曲も好き……」

よかった。めっちゃ緊張したけどお気に召してもらえたらしい。

コルトさんがサビの部分をハミングし始めた。

一回聞いただけで覚えるの⁉　しかも上手い！

「……気に入った……ありがとう……」

言いながら頭を撫でてくれた。

「……そろそろみんなを起こそう……」

「はーい」

テントに戻ってみんなを起こし、テントをたたんだ。

「コルトが機嫌よさそうですが、何かあったんですか？」

「……秘密……ね……？」

「え、あ、うん。秘密」

モルトさんに尋ねられたけど内緒らしい。私が恥ずかしいって言ったから秘密にしてくれたのかな？　コルトさんの優しさだね！

「そうですか……」

うっ。そんな寂しそうな顔されてもコルトさんが言わないのに私が言えないよ！

「まぁいいでしょう」

若干拗《す》ねたようにモルトさんが言う。

拗《す》ねた!?　可愛いんですけど！　何なんですか！　最近のこの人達は！　けしからん！　ちょいちょい可愛い爆弾落としていくの辞めて欲しい！

「あ！　お手伝いしなきゃ！」

私は逃げるようにジュードさんのもとへ。

料理を手伝っている間、ジュードさんはいろいろ話してくれた。

なんとジュードさんは冒険者になる前は料理人を目指していたらしい！　料理上手なのも納得だね！

ゆっくり朝ご飯を食べ終わったら出発。

今日も朝イチの背中はガルドさんです！

私的には一緒に走ってもいいんだけど、毎回強制的におんぶで運ばれるんだよね。身体強化できるって言った方がいいのかな？

でも、何となくだけど言い出せる雰囲気じゃないんだよねー。

みんなの前で風魔法使ったけど、そのあとの戦闘も待機だったし……「魔法使えるのか」とかも聞かれないし。

あれかな？　前に私が何故か記憶喪失になってる設定だからかな？　それとも夢だからご都合主義？　私は楽だから全然ありがたいんだけど、お荷物感は否めない。

街まで送ってくれるって言ってたけど、街に着いたらバイバイかなぁー。むしろ今一緒に行動してくれてるのが奇跡だわな。

あぁー！　っていうか……そうだよ！　みんなとバイバイしたら自分で生活なんとかしなきゃじゃん！　お金ないと買い物も宿に泊まることもできないじゃん！　目が覚めたら終わりだけど、一向に目が覚める気配がない。

幼女にできる仕事って何がある？　そもそも雇ってもらえる？　この小ささじゃダメかしら？　てっとり早いのは冒険者？　年齢制限とかあるのかな？　ってそもそも私、今何歳設定なんだろ？　この姿で三十路です！　って言っても無理があるよね……

「ねぇねぇ、ガルドさん。冒険者ってなるのに年齢制限とかある？」

「冒険者になりたいのか？」

「うん。飲食店とかなんでもいいんだけど、働かないと生活できないでしょ？」

「……」

「ねぇ、ガルドさん、聞いてる？」

「あぁ……冒険者は特に年齢は決まってないな。お前さん……いくつだ？」

「んとね。わかんない」

「自分の年齢わかんねぇのか？」

「うん。わかんない」

「……ステータスって言ってみろ」

ステータス！　そうだよ！　それあったこと、スッカリサッパリ忘れてたよ！　異世界冒険物の定番じゃん！

私、忘れてること多いな！　生活魔法のことも忘れてたし、今も忘れてること多そう……

「ステータス」

呟くとブォンと半透明の板のようなものが出てきた。

(ふおぉぉぉぉぉ！　キタコレ！　感動するわ！)

「なんか出てきたよ」

「それがステータスボードだ。年齢も書いてあるだろ？」

いや。ハテナしか書いてないよ。ハテナ一色《いっしょく》だよ。年齢のねの字もないよ。

「ハテナしか書いてないよ？」

「は!?　……後で確認してもいいか？」

「いいよー！　どうやって確認するの？」

「見せたい部分を思い浮かべてステータスオープンって言うんだよ」

「わかったー！　見たいときに言ってね！」

ハテナしかないから見せたい部分も何もない。元々何の項目が書いてあるのかもサッパリわからない。名前すら書いてない……

バグかシステムエラーか……私のステータスはそんな雰囲気のハテナの大群。またはクエスチョンマークの大群。


気が付いたらこの森にいてガルドさん達が今は保護してくれてるけど、多分今の私って相当不審者だよね？

そもそも日本人……いや、アジア人じゃない目鼻立ちがクッキリした、髪の毛も瞳もカラフルなイケメンと話が通じるのがおかしい。

普通に話してたよ。何とも思ってなかったよ。

私の名前とかも日本の名前でいいの？

でも、日本の名前だとなんかしっくりこないんだよね。コレじゃない感が強くてなんか違う気がするの。ってさっきから自分で日本、日本って言ってるけど、ここの森も変な名前だったよね？

このキャラの名前も考えなきゃと思ってたけど、ガルドさん達があれ以来聞いてこないから忘れてたよ。

いや。まだ長ーい夢を見てて、ゲームのようにご都合主義になってるって展開もあるよね。現実《リアル》でだいぶ前に彼氏と別れてから恋愛が面倒臭くなって、男性《メンズ》と何もなさすぎる干物女だからこそこんな夢見てるのかも！　イケメンに護ってもらいたいっていう深層心理が出ちゃったのかも。そんな深層心理が自分にあったことも驚きだけど。

所詮イケメンは鑑賞用でキャッキャウフフしてるのを「若いなぁー」って見てる方が好きだったハズなんだけどな……おかしいな？　おかしいな？

いや。仮に……仮によ、小説やマンガのファンタジーものみたいに異世界に来ちゃいました！みたいな展開だったとして私って何者なの？　なんで森にいるの？

普通に考えてそんなトリッキーなこと起こらないから夢だよね？　ちゃんとゲームや物語みたいにスムーズにストーリーが進んでいくような、ご都合主義になるんだよね？

グルグル考える。

考えてもわからないから、さらにグルグル考える。

休憩に入りガルドさんの背中からジュードさんの背中に移っても、そのまま考え続けてしまう。

お昼休憩の時間になり、ガルドさんにデコピンされてようやく思考の海から浮上した。

ガルドさん。デコピン痛いです！

「おい。ずっと何か考えてるが大丈夫か？」

「ん……大丈夫」

おデコを擦《さす》りながらみんなを見ると心配そうにこちらを見ていた。リスちゃんも。

「ホントに大丈夫ー？　病み上がりで疲れが出たのかなー？　元気になるためにもご飯ちゃんと食べてねー」

ジュードさんが言いながらスープを渡してくれた。

いただきます、とスープを一杯食べてご馳走様をしてしまう。

「もういらないのー？」

「うん。おなかいっぱい」

「ホントにー？」

「うん。みんなの背中に乗せてもらってるだけだから、疲れもないよ！」

料理人を目指していたからか、あんまり食べないことをものすごく気にするジュードさんに笑ってみせる。

「……ならいいんだけどさー」

渋々。本当に渋々だけど納得してくれたみたい。

(このちびっ子サイズ考えて！　大人ほど食べられないから！　そもそもみんなが食べる量がおかしいんだよ！)

リスちゃんを撫でながらみんなが食べ終わるのを待つ。

「もう少しで合流場所に着く。おそらく相手方のパーティは明日の昼以降に着くだろう。昨日、一昨日とテントで休んだが今日はテントは出さない。お前さんは俺達から離れるな。いいな？」

「うん。わかったー！」

テントを出さないのは向こうが持ってないとかかな？　離れるなってガルドさんは心配性だなぁー。

ガルドさんに返事をすると頭をガシガシと撫でてくれた。

「さて、食ったら出発するぞ。早めに着きたい」

みんなで片付けをしたあと、モルトさんの背中に乗せてもらい出発する。


ガルドさんに撫でられたときちょっと思ったけど、ステータスボードにハテナしかない状況を見てみんなはどう思うんだろうか？　普通に考えて厄介者だよね。子供とはいえ怪しすぎる。みんな優しいけど、怪しいやつには関わりたくないだろう。

ここでお別れかな？　街まで一緒に行けないかな？　知らない内に置いていかれるのはすごい嫌だから、せめてバイバイくらいは言いたいな……リスちゃんもいつまで一緒にいてくれるんだろう？

考えていると寂しくなってきてモルトさんの背中に掴まる腕にギュッと力を込めた。

お昼休憩からしばらく走り続けるとモルトさんが止まった。

「着きましたよ」

モルトさんに言われて、私はまた考えに沈んでたことに気が付いた。お礼を伝え、背中から降ろしてもらう。

「まだ日が暮れるまで時間があるねー。ゆっくりご飯が作れそうー」

「今日はこいつと話があるから手伝いはなしな」

「えぇー。しょうがないなぁー。ガルドさんに何かされたら大声上げるんだよ？」

ジュードさんが冗談めかしてガルドさんと私に言う。

「そんなことしねぇよ！　ったく。お前さんはちょっとこっちに来い」

ガルドさんに強制連行されます。


「ここら辺でいいか。とりあえず座れ」

ガルドさんに言われ、大人しく座る。

「で、さっきステータスがハテナって言ってたな？　見せろ」

一度心の中で「ステータス」と唱えて確認してみたけど、やっぱりハテナ一色《いっしょく》。

あぁ……多分目が覚めたらみんな居なくなってて、一人ぼっちとかになるんだろうな……リスちゃんも離れてったら完全に一人になっちゃう。人の優しさや温かさに触れちゃった今、この森で一人ぼっちは寂し過ぎる。

寂しさから見せるのを躊躇《ちゅうちょ》してしまう。

「おい。聞いてるのか？」

催促《さいそく》されてしまい、覚悟を決めた。

「うん……ステータスオープン」

どうせ見せるなら全部見せちゃえ、と全部表示するようにイメージして唱えた。

まぁ、一ページ丸々ハテナで埋まってるから、区切る場所がわからなかったのもあるんだけど……

「これは……」

ガルドさんの顔が見られない。俯《うつむ》いたまま緊張から手を握りしめる。

「これは……どうなってんだ？」

ガルドさんの理解できないと言わんばかりの呟きが聞こえたけど、私にわかるはずがない。

「わかんない」

自分が思っていたよりも発した声は震えていた。

「さっき見たのと同じか？」

「うん……全部ハテナ。一緒だよ」

「そうか……これ、メンバーに見せてもいいか？」

「うん……わかった」

「とりあえず戻るか」

ガルドさんは俯《うつむ》いたままの私の頭を撫でてくれるけど、いつもよりぎこちない気がして泣きそうになる。

（泣いちゃダメ！　泣いちゃダメ！　泣いたらみんなの優しさに付け込むことになっちゃう。そんなのダメ。そうだよ。一緒にいるのが心地いいって思ってても、みんなもそう思ってるとは限らないじゃん！　優しいから付き合ってくれてるだけだよ。覚悟決めてちゃんとバイバイしないと）

頑張れ自分！　負けんな自分！　と気合いを入れながらみんなの下に戻った。

みんなはそれぞれバラバラのことをやってるみたい。

一人になりたかったけど、最後かもしれないからジュードさんを手伝おう。

ジュードさんのもとに行くと大丈夫？　と心配された。

（何故だ？　顔か！　顔なのか！　女優！　今夜だけ女優になるのよ！　私は女優。私は女優。私は女優）

気合いを入れて大丈夫！　と言うとジュードさんに何とも言えない顔をされちゃった。

私は女優にはなれないらしい。

とりあえず話題を変えるために話しかけることにしよう。

「ジュードさん、何作るの？」

「悩むんだよねー。嬢ちゃんはこれで何ができると思う？」

言いながら食材をポンポン大量に出していく。

玉ねぎ、人参、じゃが芋、キャベツ、大根、カブ？　……あと蛍光オレンジ色のナスみたいなのと、白紫色のキュウリみたいなの。

「ねぇ、ジュードさん。コレなーに？」

オレンジのナスと紫のキュウリを指さしながら聞いてみる。

「コレ？　このオレンジ色のがナス。んで、こっちの白紫色のがキュ・ウリだよー」

ナスとキュウリの名前はそのまんまなのか。だいぶファンキーカラーだけど。

「ナスとキュウリね」

「違う、違う。キュ・ウリだよ」

「キュ・ウリね。わかった」

ジュードさんに満足そうに頷《うなず》かれた。

(そこ重要？　食材だから気になるのかな？　まぁいいか。この食材でできるのは……ロールキャベツかな？)

「んとねー。コンソメってまだある？　あと卵もあったりする？」

「コンソメはあるけど、卵は少ないから出せないんだよー」

「んとね。卵は二、三個あれば充分だよ」

「そうなのー？　それならあるから出すねー」

「あとは……硬めのパンってあったりする？　それから綺麗な袋！」

「パンは黒パンでいいかなー？　袋は……おーい！　モルトー！」

ジュードさんは大声でモルトさんを呼びつけて、麻袋を受け取った。

「袋、もしかして料理に使うんですか？」

「うん。これにね、パン入れて叩いたり潰したりするの」

「「え」」

「パンを粗めの粉にして〝パン粉〟を作るの」

「叩いて潰す……そういう力技はぴったりの人物がいるじゃんかー。おーい！　ガルドさん。ちょっとー」

「なんだ？」

「はい。これ叩いたり潰したりして粗めの粉にしてねー。できたら持ってきてー」

「は？」

「たまには料理手伝ってねー？」

「お、おぅ……とりあえず粉みたいにすりゃいいんだな？」

有無を言わさずガルドさんに押し付けるジュードさん。

「そうそうー。頑張ってー。モルトも戻っていいよー。さて、あとは何すればいいのー？」

「一番重要なのが、お肉をひき肉……ミンチにするの」

「ミンチ？　ミンチってあのミンチだよねー？」

「えぇっと。肉を細かくしてすり潰した感じ？」

「やっぱそのミンチかー。すり鉢みたいなのは錬金術とかしか使わないからなぁー」

「ないと思ったんだけど、包丁でたたけば大丈夫だと思うの」

「え⁉　包丁で叩くとミンチになるの⁉」

「多分見た方がわかりやすいかな？　あと使うのはキャベツ六個とタマネ五個かな？　他はしまって大丈夫だよ」

「材料これだけー？」

「うん。これだけで大丈夫。お肉はいっぱい必要だけど」

「肉はいっぱいあるから大丈夫だよー」

「じゃあお肉を切るの見せるね」

オーク肉をマグロのたたきやナメロウの要領で包丁でたたいていく。

「こんな感じ」

「うん。ミンチみたいだねー。これは時間がかかりそうだから助っ人を呼ぼう！　モルトー！　コルトー！　手伝ってー！」

ジュードさんはモルトさんとコルトさんを呼んで指示を出した。二人は料理が苦手だと言っていたけど、単純作業なら大丈夫らしい。包丁が足りないのか細身の剣でお肉をたたいている。

三人に切ってもらっている間にキャベツを茹でて、玉ねぎをみじん切り。ガルドさんからできたパン粉を受け取り、肉を捏ねる作業をジュードさんに任せる。私は隣から玉ねぎ、パン粉、卵を投入してタネを作っていく。

ジュードさんにやり方を見せて説明し、二人で茹でたキャベツにタネを包んでいく。

（あ！　想像よりだいぶ多かった！　これはさすがにみんなの食欲を考えても残りそうな量だわ）

昨日使った雪平鍋で少し焼いてキャベツが崩れないようにしてからスープ鍋に移動させ、コンソメで煮込む。ベーコンがないので代わりに干し肉をちぎって入れてみた。

「あとは煮込むだけだよ」

「へぇー。面白いねー！」

大量のロールキャベツを作っていたのでもう暗くなってきている。

煮込み時間で時間が空いたので、みんなから隠れてリスちゃんとリンゴタイム。

「(ねぇ、リスちゃん。みんなとここでバイバイするかもしれないんだ。リスちゃんも家族のところに帰る？　もうだいぶ遠くまできちゃったけど……)」

『キキッ!?』

リスちゃんはビックリしたあと、すごい勢いで鳴きながら迫ってきた。

大変怒っていらっしゃる。

「(今なら大丈夫だよ？　いきなりいなくなっちゃう方が寂しいか……ぶっ！　痛いっ！　痛いよリスちゃん！)」

『キキッ！　キキキ！』

怒りながらベシベシと叩てくる。

「(わかった！　わかったから叩かないで！　リスちゃんはこのまま一緒にいてくれるの？)」

『キキッ』

当たり前よ！　と頷《うなず》かれた。

「(そっか。ありがとう！　とっても嬉しいよ！　お願いだからバイバイするときは言ってね。いきなりいなくならないでね？）」

『キキッ』

よしよしと頬を撫でてくれた。

リスちゃんとのこれからの確認が終わり、完全に一人ぼっちにならないことに安堵した。


煮込み具合を確認すると大丈夫だったのでみんなに声をかける。

「できたよー！」

わらわらとみんな集まってきたところで、いただきますをして食べ始める。

「「「「！」」」」

四人は一口《ひとくち》食べてビックリしたあと、すごい勢いでガツガツと食べ始めた。

私がロールキャベツの一つ目を食べてる間にもうガルドさんはおかわりに走って行った。

早いね。ちゃんと噛んでます？

二杯目、三杯目となったらちょっと落ち着いたらしく、口々に「美味しい」と言ってくれた。

コンソメ味だから大丈夫だと思ってたけど、口に出してお礼を言ってもらえるとやっぱり嬉しいし、安心する。

ゆっくり一杯を食べてご馳走様をした。

作ってるときは料理のことしか考えてなかったけど、落ち着くと考えちゃうよね。

みんなが食べてる間に覚悟を決めなければ！

第十話　覚悟のお話し合い

「さて、みんな食い終わったな？」

みんなが食べ終わったのを確認してガルドさんが話し始めた。

私はみんなの反応を考えてドッキドキだし、手は汗でベッタベタだよ。

「いいか？」

「うん……」

「とりあえずこいつのステータスを見てくれ」

ガルドさんに言われ、もう後には引けない。

「ステータスオープン」

ブォンと、またハテナマークで埋まった半透明な板が現れた。

「「！」」

「えぇと……これは……」

「こいつのステータスボードだ」

「クエスチョンマークしかないよー？」

「そうだ。どう思う？」

俯《うつむ》いたまま みんなの返答を待つ。

「どうって言われても、この状態を初めて見たので何がなんだかわかりません」

「うん。なんでこうなったのー？」

ジュードさんに聞かれたけど私が聞きたいくらいだよ。ご都合主義でもなんでもなかったみたい。

そうだとしてもわからないことが多すぎるけど。

「わかんない……」

覚悟を決めたハズなのに声が震えてしまった。

「自分の年齢もわからないらしい」

ガルドさんの一言にみんなが息を呑む気配がする。

「何か覚えてることはありますか？」

「わかんない」

「名前とか出身は？」

「わかんない。私のことも、ここのことも」

「ここはこの森ですか？」

「うん。森の名前もこないだモルトさんに教えてもらって初めて知ったの。ある日気が付いたらこの森にいたの。なんでこの森にいるのかも、私の名前も、どこで生まれたのかも、親のこととかも全部わからない」

「でも料理はわかってたよねー？　今日のも美味しかったし。あれはなんていう料理なのー？」

「ロールキャベツ」

「やっぱりそういうのはわかるのー？」

「うん。そういうのはわかるの。でも私が知ってるのとちょっと違うの」

「ちょっと違う？」

「私が知ってるのは……ナスはオレンジ色じゃない。ポテ芋はじゃが芋って呼ばれてた。そういう違い」

　あんまり変なことは言わない方がいいよね？　味噌は大豆で作るのはわかるけど、どうやって発酵させるかとか、温度や湿度とか細かいことまで知らないし……

「そうですか……記憶が混乱してるのかもしれないですね。そのせいでステータスボードにも影響があるのかもしれません」

「そうなのか？」

「そもそも記憶喪失の人を初めて見たので、その人のステータスボードがどうなっているのかわかりませんよ。ただ、可能性はあるでしょう？」

「そうだな……」

「名前や年齢どころかスキルも見れない状態なのでこのままだと困りますね。年齢は三、四歳くらいだと思いますが、名前がわからないと呼ぶのにも困りますし、考えましょうか。もし、思い出したらそちらの名前を使うとしても、仮の名前はあった方がいいと思いますので」

「そうだねー。どんな名前がいいー？」

「……付けてくれるの？」

「付けていいなら考えるよー？　自分で付けてもいいと思うし」

「……バイバイじゃないんだ……」

ポツリと呟いてしまった。

「バイバイだと思ったんですか？」

「うん」

「何故そう思ったのか聞いても？」

「何もわからない不審者だから……」

言いながらまた声が震えてしまった。

バイバイする覚悟を決めたハズなのに泣きそうになって、みんなの顔が見られず、俯《うつむ》いたまま答える。

「「「……」」」

「……おいで……」

「え？」

コルトさんがいきなり立ち上がり、私の手を引いてみんなから離れた。

「……ここでいいか……」

コルトさんが木の根元に座ったと思ったら、腕を引っ張られてコルトさんの膝の上に横向きで座らされた。

「え」

（この状況は⁉）

左手で軽く抱きしめられる形で支えられ、右手で頭を撫でられている。

「……思ってること話して……ちゃんと全部聞きたい……順番とかもぐちゃぐちゃでいい……」

優しく頭を撫でながら私が話し出すのを待ってくれている。

詰め寄るとか責めるなんてことは一切なく、優しく包み込んでくれる雰囲気に私は口を開いた。

「バイバイだと思ったの……だって……だってね。最初は気にしてなかったの。気付いたら森にいて魔物が出てきて戦って……夢だと思ったの。きっとご都合主義になると思ったの。途中でリスちゃんと会って楽しくて……みんなと会ったときは人がいたって安心して……みんな優しいから街に一緒に行ってくれるって……すごく嬉しかったの……」

ポツリポツリと話していると涙が溢れてくる。

「でも……夢から醒《さ》める気配もないし……街に着いたら自分のことは自分でしないと……お金ないと生活できないでしょ？　だから冒険者になるのに年齢制限を聞いたの。でも私の年齢もわからなかった……」

しゃくりあげながらも話し続ける。

「ステータスの見方を教えてもらって、見たらハテナしかなかった……私の名前もわからない、年齢もわからない……私が何者なのかわからない。みんな優しいから一緒にいてくれるけど……気持ち悪いでしょ？　明日、目が覚めたらみんないつの間にかいないんじゃないかって……置いていかれちゃうんじゃないかって思ったの……黙って置いていかれるのは嫌。だからちゃんとみんなとバイバイの挨拶しようと思ったの……」

グズグズと整理する前の気持ちをそのまま吐露《とろ》していく間も、ずっとコルトさんは頭を撫で続けてくれていた。

考えていた気持ちを吐き終わったあとも拒否されたら……と思い、コルトさんからなるべく離れたままの体勢をキープする。

「……ねぇ……」

「はい」

何を言われるのかとドキドキして待つ。

「……俺達のこと嫌い……？」

「ううん。好き。みんなお兄ちゃんみたい。ジュードさんはお母さんみたい」

「……俺達も好き……もっと頼って欲しい……」

コルトさんは微笑みながらそう言うと、グッと腕にチカラを入れて私を抱きしめた。

「気持ち悪くない？」

「気持ち悪くない……」

食い気味に否定された。

「……大丈夫……嫌いになったりしない…」

「ほんと？」

「……本当……大丈夫……一緒にいる……みんな置いていったりしない……嫌だって言うまで一緒にいる……」

「うぅ……」

（プロポーズかいっ！）

一応心の中でツッコんだけど、そこからはもう涙腺が決壊。

コルトさんにしがみつきながら大声で泣いてしまう。

どれだけ時間が経ったかわからないけど、コルトさんは私が落ち着くまで、ずっと抱きしめながら頭を撫でてくれていた。コルトさんの服は私の涙と鼻水でぐちゃぐちゃに。

コルトさんごめんなさい。後でクリーンして！　クリーン！

そして落ち着くと恥ずかしいね。年甲斐もなく泣いてしまったよ。見た目的にはまだ許される範囲だと思う！　三、四歳って言われてたしね！

しかし、見た目に精神年齢が引っ張られてる気がする。普段じゃ人前で号泣するとかありえないもん。もう既に何回も泣いちゃってるけどさ！

「もう大丈夫。ごめんなさい」

「……もういいの？　……もっとゆっくりでもいいんだけど……」

「ん。大丈夫」

「……そう？　……じゃあ戻ろうか……」

私がコルトさんの膝の上からどこうとすると、グッと腕にチカラを入れられ、足が浮いた。ビックリしてコルトさんの首にしがみつく。

「うひゃぁ！　……ビックリした！」

「……一緒に戻る……」

「あ、歩けるよ？」

「……ダメ……」

コルトさんの腕に座ったまま運ばれる。

(なんだっけ？　これお子様抱っこ？)

「……戻ったよ……」

コルトさんが普通にみんなに声をかけるけど、さっき大声で泣いていたのが聞こえていただろう私は気まずくてしょうがない。多分、今最大級に私は挙動不審だと思う。

「なんで抱っこしてんだ」

ですよね！　ガルドさんもそう思うよね？　私が聞きたいです！

「……ん……仲よし……ね……？」

「へ？　あっ、うん」

微笑みながら言われて、しどろもどろになりながら返す。

「「「！」」」

「レアなもん見れたから、まぁいいか」

「だねー」

「久しぶりに見ました」

私は意味がわからず首を傾《かし》げたけど「気にしない」とコルトさんに言われたので、気にしないことにした。

コルトさんが座ろうとしたので腕から降りようとすると却下されて、また膝の上に座らされた。

相変わらず頭撫でてくれてるけど、恥ずかしくて顔から火が出そうだよ！

「うぅ……」

「「「……」」」

「まぁいいか……んで戻ってきたからさっき決まったことを話すぞ」

ガルドさんが話し始めた。

「明日はゆっくり休むぞ。あいつらが何時にくるかわからないが、おそらく昼は過ぎると思う。今夜は満月だ。あいつらのことだから夜は宴会になるだろう。お前さんは飯の手伝いしなくていいから、絶対俺達の誰かと一緒にいろ。いいな？」

「うん。わかった」

宴会かぁー。みんなお酒強いのかな？　ガルドさんが泣き上戸とかコルトさんが笑い上戸とかだったらすごい面白いんだけどなー。

ガルドさん達は何か話し続けてるけど、コルトさんがずっと頭を撫でてくれていて眠くなってきてしまった。

段々と夢の世界へ落ちていく。

第十一話　保護者達 side ③

「寝たか……」

「途中からウトウトしてたもんねー」

「とりあえずいつも通りになってくれてよかったですね」

「あぁ。背中でずっと気持ち悪いくらい何か考え続けてたからな……」

「そうそうー。ずっと心ここに在らずだったよねー。夜ご飯作る前なんて、泣きそうなの我慢して笑ってるしさー」

「えぇ。何か思い詰めてる感じでしたね。料理中はそんなことなかったですが……」

「うん。多分集中してたからじゃないかなー？　料理作ってる間はいつもちょっと楽しそうだしねー」

ジュードは料理中の少女のことを思い出して微笑んだ。

「しかし、あのステータスボードはなんですか？　あんなの見たことありませんよ」

「だから聞いたんだよ」

「何故ステータスボードの話に？」

「あいつが冒険者に年齢制限はあるのかって聞くから特にないって話をして、逆に何歳か尋ねたらわからねぇって言われたんだよ。だからステータスボードで確認しろって言った。んで、ステータスボードの出し方教えたらハテナしか書いてねぇって言うから、後で確認させろってことでその場は終わったんだよ。ここに着いて、見てみたら既にあの状態だった」

「あぁー。一回ガルドさんの背中であのステータスボード見たからあんなに悩んでたのかー。オレっちの背中にいるときもずっと考え込んでたんだよー。おかげでお昼ご飯のときも泣きそうだったし、全然食べなかったじゃんかー」

「俺のせいかよ……」

「で、結局悩んでたのはなんだったんですか？　コルトは聞いたんですよね？」

「……朝、目が覚めたらみんないなくなってて置いていかれるかも……って思ったって……」

「「……」」

「そうですか……そんなこと考えてたんですね……そんな訳ないのに」

「だよねー。思ったんだけどさー、この子自分のこと過小評価してるよねー。素敵もレベル高いし、ありえないくらいの魔法をバンバン完全無詠唱で使ってたし……何よりあの料理はすごい!!」

「まぁ、料理もそうだが……あいつのスキルはすごいな。本人に自覚なしだが……」

「記憶喪失なら仕方ないかもしれません。この可愛さも自覚なさそうですし」

「……うん……可愛い……」

「さっきコルト笑ってたもんな」

「……笑ってた……？」

「あぁ。普通に笑いかけてたぞ。無意識だったのかよ」

「……うん……」

「まぁいいんじゃないか？　それを見て照れてたしな」

「えぇ。可愛らしかったですね」

全員がその様子を思い出して優しい顔になり、コルトの腕の中で眠っている少女を見つめた。

「名前も考えてやらなきゃいけないしな」

「そうだねー。何がいいかなー？」

「街に着くまでに考えて、本人に気に入った名前を選ばせるのがいいだろうな」

「候補をいくつかってことですね」

「みんなで一つずつ考えればいいんじゃないー？　誰のが選ばれるのか楽しみだねー」

「あと、街に着いて落ち着いたら俺達と一緒に来るか、ちゃんと聞かないとな。冒険者ギルドに登録する気だったから冒険者にはなりそうだが……」

「オレっち達と一緒に来るなら冒険者でも大丈夫だと思うけど、ソロだと危なくないー？」

「だが本人が一人で生活する気だったら、稼がなきゃ食ってけないだろ？」

「そうだけど心配だよー」

「だから俺達と一緒に来るように言うんだよ」

「素直に来てくれるといいんですが。今日の感じだと遠慮しそうな気がします……」

「だよなぁ。どうすっかなぁ……」

全員が考え始めた。


「そう言えばモルト、お金の話したのー？」

「いや。今日はそれどころじゃなかったのでできていません」

「そっかー。じゃあ明日の合流までに話さないとだねー」

「そうですね。そうします」

「それよりも明日あいつらと合流してからが問題だな」

「そうですね。近付かせないように気を付けなければダメですね」

「酒飲んで絡んできそうだもんねー。でも、接点がないようにお手伝いしなくていいって言ったんでしょー？」

「そうだ。あいつらが何するかわからん」

「でもさー、向こうがファイト草《そう》を手に入れてなかったら手伝うの？」

「手伝いたくないが……そういう約束だからな」

「手に入れてると思うー？」

「どうだろうな……俺達は魔物だったからこの森の奥に行ったが、あいつらは薬草だからな……魔物の異常が薬草にまで影響してたら難しいかもな。異常がなければ手に入れていると思うが……」

「手に入れてて欲しいですね……」

「だな」

「手伝うことになった場合、戦闘はどうするんですか？　コルトも戦わないと何を言われるかわかりませんよ？」

「倒せれば大丈夫だろう」

「手伝うにしても街に向かうにしても、彼女を戦闘に出さない方がいいですね」

「ちゃんと事前に言っておけば大丈夫だと思うよー」

「そもそも相手パーティになんて説明するんですか？」

「普通に森で保護したって言うつもりだったが……ダメか？」

「森に来るまでいなかったことを知ってるでしょうし、それが一番かもしれません」

「あとは誰かしらが一緒にいればフォローできるだろ」

「そうですね。そうしましょう」

「話が全然変わるんだけどさー。さっきの夜ご飯のロールキャベツって明日の昼とかに食べるー？それとも街に着いて解散したあと食べるー？」

「お昼で大丈夫だと思いますよ。あのパーティは基本ギリギリ行動なので、お昼は普通に食べられると思います」

「合流したらしばらくただの塩スープだからねー。栄養ある物を食べさせてあげたいけど、相手パーティがいると無理だからそれも彼女に言っておかないとー」

「彼女用のスープを作り置きしておいて、それを渡せばいいんじゃないでしょうか？」

「あ！　それいいねー！　じゃあオレっちは明日は朝からお昼までずっと料理してるー！」

「わかった。渡すときはあいつらにバレないようにしろよ？」

「わかってるよー！」

「うぅん……」

少女が寝ぼけてコルトに頭をスリスリとこすり付けた。

「「「……」」」

「くっ！　可愛すぎだろ」

「だねぇー」

「えぇ……」

「……うん……」

「はぁ。あんま喋ってると起きちまいそうだから、そろそろ寝るか」

ガルドの一言で全員寝るために動きだし、片付けが終わった者から眠り始めた。

コルトも少女を抱えたまま、毛布に横になった。

第十二話　お勉強と合流

今日もリスちゃんのテシテシで起こされて、目を閉じたままムックリ起き上が……れない！

何故⁉　って目を開けたらガッチリとホールドされてたよ。コルトさんに。

あれ？　昨日どうしたんだっけ？

大声で泣きまくってから明日……じゃないや、寝たから今日だ。今日の予定聞いて……聞いてる間に寝たのか。

コルトさんに掴《つか》まって寝てたからこうなったのか……申し訳ないことしちゃった。

もぞもぞ……うん。全然離してくれない。悪いけど起こしちゃおう。

「コルトさん。コルトさーん。ごめん、起きるから離してー」

「……うぅん……おはよ……」

「おはよう。掴《つか》んだまま寝ちゃってごめんね」

「……ううん……ちゃんといるでしょ……？」

みんなに置いていかれるって私が話したからか！　優しい！

「うん。ありがとう！」

抱きしめられたままだったのでギュッと力を込めて抱きしめ返した。

「……もう……起きる……？」

「うん。コルトさんはもう少し寝る？」

「……いや……起きる……」

コルトさんは「ふわぁ」と欠伸《あくび》をしながら解放してくれた。

顔を洗ってからコルトさんを見てみるとまだウトウトしてる。

よし！　今のうちにリンゴタイムだ！　と、リスちゃんを見るとバッチリ目が合って頷《うなず》いてくれた。

流石《さすが》リスちゃんだね！

それからリスちゃんと二人で急いで食べ終えた。

ふうって一息ついてからもう一回確認。うん。バレてなさそう！

少しリスちゃんをナデナデして、モフモフを堪能《たんのう》してからストレッチのために動き出す。

「コルトさん。今日も一緒にストレッチやる？」

「……んー……やる……」

大丈夫？　寝ぼけてない？

ボーっとしているコルトさんとストレッチをしているとみんなが起き始めた。

昨日泣いちゃったから恥ずかしくて、モジモジしながら「おはよう」と言うと、みんなは挨拶しながら代わる代わる頭を撫でてくれた。

「ふぁー。いつも朝早いねー。今日は合流だからオレっちはご飯の作りだめするけど、嬢ちゃんはモルト達と勉強だよ」

欠伸《あくび》をしながら頭を撫でてくれてるジュードさんに言われた。

「お勉強？」

「そうそうー。いろいろわからないことだらけでしょー？　だから街に行く前に少しでも勉強しておけば、街で混乱しなくてすむでしょー？」

「そっか！　わかった！　ありがとう！」

「それじゃあオレっちはご飯作るねー」

「さて、そういうことでお勉強しておきましょう」

「はーい！　よろしくお願いします！」

モルトさんが先生をしてくれるらしい。

「まずこの森は……」

モルトさんの話によるとこの森はラートゥム大陸にある〝呪淵《じゅえん》の森〟。ラートゥム大陸はこの世界にある大陸の中で一番広い。この森を中心に五つの国があって、一緒に向かう街はその中の一つ、アプリークム国のクラーロって名前の街らしい。

（カタカナいっぱい！　覚えにくい！）

なんとこの森はものすごく広いあげく、生息する魔物が強くて依頼遂行や素材採取の冒険者くらいしか人が来ないそう。

みんなに会えなかったら、まだ一人で彷徨《さまよ》っているところだった……

森の話を聞いていると朝ご飯ができたらしく全員で食べる。

朝食を食べ終わったらまたお勉強タイムだ。


「森の説明はひと通りしたので次は通貨の話です」

「はーい！」

「実物を見せながら説明しますね。まずこれが銅貨です。そしてこれらが銀貨、金貨、大金貨です。この上に白銀貨、白金貨となります。そして……」

実物を指差して説明してくれるのを見ながら聞いていく。

小さい方から銅貨、銀貨、金貨、大金貨、白銀貨、白金貨。
単位はゼニ。表記は〝Z〟。
銅貨＝百ゼニ
銀貨＝一千ゼニ
金貨＝一万ゼニ
大金貨＝十万ゼニ
白銀貨＝百万ゼニ
白金貨＝一千万ゼニ

ケタが違うだけだから覚えやすいね！

銅貨の下はないらしく、一つ百ゼニしない物は二つ、三つで百ゼニとかまとめ売りになるらしい。街にもよるけど、大根が一本銅貨一枚くらい。百ゼニが百円と思ってよさそうだ。

店によっては高い値段設定がされていることもあるから値切ることも大切だと言われた。

適正価格がわからないときはお店を回り、物価を知ってから買いに行くといいと教えてくれた。

しかし、ゼニゼニ聞くと小銭の銭を想像しちゃう。寛永通宝とか、江戸時代とか。もしくは電気ネズミが出てくる某有名ＲＰＧとアニメのカメの鳴き声！

「ではお金の払い方をやっていきましょう。そうですね……わかりやすい方がいいと思うので野菜にしましょうか。二百ゼニの赤ポテと百ゼニのダーコンを買うとしたらいくらになりますか？」

「三百ゼニ！」

「はい。正解です。ではお金を選んで自分に渡してください」

そう言われたので銅貨三枚を渡す。

「はい。正解です。では銅貨がない場合銀貨で払いますよね？　お釣りはいくらになりますか？」

「七百ゼニ！」

「それは銅貨何枚ですか？」

「七枚！」

「素晴らしいですね」

足し算引き算は簡単だからね。しかも端数とかないし。日本では義務教育で習うから簡単な加減乗除くらいは数学が苦手な私でも余裕よ！　三平方の定理とかになったら今の私じゃ解《と》ける気がしないけど。

「では、次は魔法の話です」

「魔法！」

テンションが上がった私にモルトさんは優しく微笑む。

「ふふっ。はい。まず属性からですが……」

モルトさんの説明をまとめると――

・一般的に魔法と呼ばれているのは生活魔法と攻撃魔法
・結界魔法など特殊な物もある
・生活魔法は綺麗にするクリーンや焚き火に火を付けるなど、主に生活で使われる魔法
・攻撃魔法は火・水・風・土・雷・氷・草・光・闇・空間・無属性がある
・攻撃魔法の中の雷・氷は上位属性
・鍛冶や錬金、武器等に特殊効果を付ける付与などはスキルと呼ばれている

この辺はＲＰＧとか冒険物のゲーム知識が役に立つね！　鍛冶魔法とか戦闘中に一時的に力や素早さを上げるような、付与魔法ってないのかぁ。仲間のスピードとか上げられれば戦闘も楽になる

のに。

「ただ、一般的に魔法・スキルと別で呼ばれていますが、ステータスでは全てスキルとして表示されます」

ふむふむ。じゃあ、もしかしたら付与魔法もできるのかもしれないね。今までそういう考え方をしてなかっただけってこともありそう。味噌と醤油の実を食べられない物って決め付けてたし。

「そうなんだー！」

ちょうどいいタイミングでジュードさんからお昼ご飯の声がかかり、みんなで昼食。昨日の残りのロールキャベツだった。

みんなモリモリ食べてくれてる。嬉しいね！

「お昼ご飯のあともお勉強ですよ。大丈夫ですか？」

「うん。大丈夫だよ！」

モルトさんに聞かれて元気よく返事をした。


次は一般常識のお勉強らしい。

再度モルト先生による青空教室が始まった。

「では、一般的な物の説明をしていきます。これは体力を回復したりケガを治したりするポーションです。単にポーションや体力ポーションと呼ばれています。魔力を回復するマジックポーションもあります。体力ポーションはこの通り主《おも》に赤色ですが、マジックポーションは主《おも》に青色です。マジックポーションや魔力ポーションと呼ばれています」

実際にポーションを見せながら説明してくれる。

「〝主《おも》に〟というのはポーションにもランクがありまして、回復値が低い物から初級、中級、上級、特級、最上級となり、ランクによって色の濃さや透明度が異なるからです」

おぉ！　ポーション！　かき氷シロップのイチゴの色だね！　それならマジックポーションはブルーハワイ色かな？

「主《おも》に使われているのは初級と中級です。高ランクの冒険者などは上級を持っていたりしますが、高価なのでいざというときにしか使いません。特級は……一国の王様やすごいお金持ちの貴族が持っているくらいの代物《しろもの》です。自分達のような冒険者はまずお目にかかれないでしょう。最上級は伝説だと言われています。他にも解毒ポーションなどがありますが、やはり色が違います」

ふーん。そうなんだ。最上級はゲームのエリクサーとかかな？　赤がＨＰで青がＭＰね。覚えとかなきゃ。

「次は薬草の説明です。これはサヴァ草といってポーションなどに材料として使われています。回復魔法が使えない人はすり潰してケガの治療などに使います。もう一つのこちらは無毒草と呼ばれていて、毒消しに使います。今はこの薬草二種類しか持っていないので、他の薬草は街に着いたらお店に一緒に見に行きましょう」

「はーい！」

ケガを治すのは外国っぽい名前の草なのに、毒消しは無毒って日本語っぽいのか……

「一気に説明しましたが大丈夫ですか？」

「うん！　ポーションとマジックポーションとサヴァ草と無毒草でしょ？　覚えたよ！」

「素晴らしいです。覚えるのが早いですね」

モルトさんは、そう言って頭を撫でてくれた。

「あ！　何か近付いてくるよ！　これは……人間？」

「ん？　それは人だとすると何人ですか？」

「んとねー。六人だと思う」

「きっと合流する相手パーティですね。ガルドさん！　ジュードさん！　コルト！」

「なんだ？」

「なーにー？」

「……」

「お嬢さんが相手パーティらしき人達が近付いてきてると」

「距離は？」

「一キロちょっとくらい」

「そうか。思ってたより近いな」

「ごめんなさい。話に夢中で気付くの遅くなっちゃった」

「いや。言い方が悪かったな。まだ俺達の探知外だからありがたい」

頭を撫でながらガルドさんがフォローしてくれた。

「近いならお勉強は終わりですね。そろそろ日も暮れてくる時間ですし、ちょうどいいでしょう」

「お前さんのことを聞かれるだろうから一応紹介はするが、そのあとはモルトとコルトと一緒にいろよ」

「わかった！」

モルトさんとコルトさんと一緒に大人しく待つ。

知らない人達が来ることに緊張して、リスちゃんをモフモフして気を落ち着かせる。

うぅ……人見知りコミュ障には心臓が辛い。仲よくできるかなぁ？　あれ？　でもガルドさん達には緊張とかしなかったな。なんでか、ものすごく安心したんだよね。いきなり現れた私にスープくれて頭撫でてくれたし。

そんなこと考えながらモフモフモフモフモフモフモフしていると……来た！


ガヤガヤと賑やかな人達。なんかすっごい見られてる！

なんだろう？　この人達を見てるとモヤモヤする。

ガルドさんが代表で喋ってるのを見ていたら、手招きで呼ばれ、横に並んだ。

「こいつだ。森で保護したが記憶がないらしい。こいつの面倒は俺達が見るから心配いらない」

ガルドさんが説明してくれるけど、相手の人達はものすごく見てくる。ガン見！　凝視！

なんか怖くなって、頭を下げてからガルドさんの足に抱きついた。

「あぁー。慣れてないからビックリしたんだな。戻って大丈夫だ」

ガルドさんが頭を撫でながら言ってくれたので、その場で頭を下げて走ってモルトさん達のところへ。恐怖心で、走った勢いのままモルトさんの足に抱きついてしまった。

「大丈夫ですか？」

「……うん。でもすごい見られた。なんか怖い」

「自分達と一緒にいれば大丈夫ですよ」

モルトさんは頭を撫でてくれた。

モルトさんとコルトさんの間に座り、二人と話している最中もずっと視線を感じて居心地が悪い。二人から離れたくない。リスちゃんも落ち着かないみたい。

「顔色がよくないですね……具合が悪いですか？」

「ううん。違う。大丈夫」

一緒に依頼を受けてこの森に来るような人達だもん。きっと同じパーティじゃなくても冒険者ギルドの仲間だろうし、あの人達のこと嫌とか言えない。

「……大丈夫じゃない……おいで……」

コルトさんは座ったまま私の手を引っ張り、自分の片膝の上に座らせ、さらに後ろから抱きかかえるように支えてくれた。

「……これなら……安心する……？」

頭を優しく撫でながら聞かれた。

普段なら恥ずかしくて降ろしてってお願いする体勢だけど、心配してくれてる、護ってくれてる、と優しさに包まれて心がポカポカしてくる。

「うん。安心する。ありがとう！」

えへへっとコルトさんに返すとまた頭を撫でてくれた。

「話し合いが長引いてますね。では、お勉強の続きでもしましょうか？」

モルトさんがガルドさん達の様子を見て提案してくれた。

「はーい」

「ではおそらく街で会うこととなりますので、種族の話をしますね……」

「はーい！」

まとめると……


大きく分けると人族・獣族・魔族がいる。

人族：主《おも》に全ての能力において平均的な種族。人間。

獣族：主に身体能力が優れている種族。獣人や獣人族とも呼ばれる。

　人型に動物的な耳としっぽが生えているのが特徴。

　個人の能力によるが獣化（動物になること）や、逆に見た目を人族に似せることができる。

　細かく分けると犬族・猫族・熊族・兎族などなど多岐にわたる。

魔族：主に魔法を使う能力が優れている種族。人族と獣族以外。種族毎《ごと》に特徴は異なる。魔族も
　細かく分けるとドワーフ族・エルフ族・人魚族・天族などなど多岐にわたる。

「獣族と魔族は細かく分けると説明しきれないほど多く種族が存在しています。自分も全ての種族を知ってる訳ではありません。そして精霊もいますが、この種族分類には当てはまりません。精霊は精霊です。同じく神も神です。わかりましたか？」

「はーい！」

ふむふむ。ゲームや小説では定番の獣人もエルフもドワーフもいるのね！　そして人魚さんもいるなんて！　会って仲よくなれたらいいなぁ～。

「自分達が向かう国では獣族も魔族も普通に街で生活しています。冒険者ギルドには人族以外も登録しているので、すぐに何人かに会えると思いますよ」

「わーい。楽しみ！」

第十三話　宴会

モルトさんとコルトさんと話していると、ガルドさんが戻って来た。

「おかえりなさい。相手さんはどうでした？」

モルトさんがガルドさんに聞く。

「薬草は手に入れたらしい。助かったな。こっちは森の様子がおかしかったが、向こうはいつも通りで普通に採取できたらしい。んで、今日はやはり宴会だ。今夜の見張りは向こうが担当してくれるらしいから、明日は頼むと言われた」

「ん？　見張り？　今までしてなかったよね？」

疑問に思ったので説明を求めた。

「えっとですね。あの結界石は高級品なので他のパーティと一緒の場合は使わないんですよ。揉める原因になったりしますので」

「なるほど。わかった！　内緒ね！」

「ふふっ。よろしくお願いしますね」

「このあとは宴会だ。お前さんは間違って酒飲んだりするなよ？」

ガルドさんにニヤニヤしながら言われて、私はプクーっと頬を膨らませる。コルトさんが笑いながら私の頭を撫でて慰めてくれた。

「できたよー！」

ガルドさん達と話しているとジュードさんから声がかかり、みんなでジュードさんの下に向かった。

「素材集めは二パーティとも完了だ！　明日は街に戻るから先に『素材集めお疲れさん』ってことで満月だし飲むぞー！　カンパーイ！」

相手パーティのリーダーらしき人が乾杯の音頭をとると、「カンパーイ」と私以外の声が続いた。

私はさっきと同じようにモルトさんとコルトさんの間に座り、ジュードさんからスープを受け取った。

ただの塩スープって言ってたけど、いつもと同じ気がするなぁーって思ったら、モルトさんとコルトさんと違うスープだった！

私のはいつも通り野菜がたっぷり。モルトさんとコルトさんのは野菜がちょっと。私の方が美味しそうな香りがしている。

え？　なんで？

「(こちらはただの塩スープです。栄養的にいつものスープの方がいいので、ジュードさんがも作っておいたスープをお嬢さんに渡したんですよ)」

私が首を傾《かし》げていると、小声でモルトさんが教えてくれた。

ビックリしてジュードさんを見ると目が合い、パチンとウィンクしてきた。

「ありがとう。美味しい！」

気持ちが嬉しくてジュードさんにお礼を言う。

今日ずっとジュードさんが作っていたのは私のためのスープだった。他のパーティと一緒にいる状態では作れないから。

優しすぎだよ！　食べさせてもらってるから文句なんか言わないのに。私のためって……

泣きそうになりながらもゆっくりと食べていく。

食べ終わる頃に、さっきガルドさんと話をしていた相手パーティの人が私の前に来た。

「さっきは挨拶できなくて悪かったな。俺は【ノーモカヴァ】ってパーティでリーダーをしてるノーモだ。よろしくな」

「えっと……よろしくお願いします」

自己紹介してもらったのでペコりと頭を下げておく。

「他の奴らにも自己紹介させたかったんだが、もうだいぶ飲んでてな……」

彼はそう言いながら他のメンバーに目を向けた。視線を辿ると確かにだいぶ酔っぱらっているみたい。声のボリュームも増し、飲んで騒いでと盛り上がっている。

「悪いが俺だけだ。ガルドに聞いたが大変だったんだろ？　今日は俺が見張るからゆっくり休むといい。さっき怖がらせちまったからな……なにか詫びをと思ったが、これしかなかった」

ポリポリと頭を掻きながら、私に水みたいな透明な液体が入ったコップを渡してきた。

さっきみたいにモヤモヤはしない。私の勘違いだったんだろうか。

「これは？」

受け取るのを躊躇《ちゅうちょ》しているとモルトさんが聞いてくれた。

「甘水《あまみず》だ。姪っ子にやった残りだがな」

「へぇー。ノーモさんに姪っ子がいたんですね」

「あぁ、可愛いぞ」

「お嬢さん、これは甘い水です。体力回復にいいと言われています。病み上がりですし、遠慮せずいただきましょう」

モルトさんがノーモさんからコップを受け取って私に渡してくれた。

「ありがとうございます」

お礼と共にまたペコりと頭を下げると、ノーモさんは同じパーティメンバーの方へ戻っていった。

変な臭《にお》いがしないかを確かめてから口を付ける。

「あ、甘くて美味しい」

「それはよかったです。意外になかなかいいものをくれましたね」

モルトさんとコルトさんと寝る毛布の上で話していると、ジュードさんが二人にお酒を持ってきた。

「モルトとコルトも飲みなよー。さっきの乾杯の一杯しか飲んでないでしょ？　これ美味しいよー」

モルトさんとコルトさんは「ありがとうございます」と受け取って、お酒を飲んだ。

「へぇ。結構美味しいですね。これはあちらさんのお酒ですか？」

「そうだよー。なんかいいもの見つけたらしくて、機嫌がいいらしいよー。いいお酒もらえるなんてラッキーだよねー」

ジュードさんは言いながら、もらったのであろう一升瓶みたいな酒瓶をドン！　とみんなの前に置いた。

私はちょっとトイレに行ってくると告げて、お酒を飲んでる三人から離れた。みんなから見えないところでリスちゃんとリンゴを食べて三人の下へ戻る。

「ちゃんとスープ食べた？」

私が座るとジュードさんに話しかけられた。

「うん！　美味しかった！」

「よかったよかったー。これから街に着くまで今日みたいな感じだからねー」

「ジュードさん。いつもありがとうございます！」

心配してくれてありがとう。いつもご飯を作ってくれてありがとう。栄養とか美味しさとか考えてくれてありがとう。

いろいろな意味を込めて心からお礼を言う。

ジュードさんは少しビックリしたあと、「喜んでくれて嬉しいよー」と、ニコニコしながら頭を撫でてくれた。

言いたいことは伝わったみたい！　よかった！

しばらく三人と話しているとだんだんと眠くなってきた。

モルトさんとコルトさんも眠いみたい。二人に挟まれる形で眠りに落ちていく。

◇　◆　◇

ものすごく眠い。眠いのにフワフワの何かで頬をバシバシと叩かれている。

「ん～眠いよぉ。寝かせて～」

『キキキキキキキキ！　キキキ！』

「んん～……リスちゃん？」

――グウォォォォォォォ！

――ブヒィイイイイイ！


「！」

魔物の雄叫びが響き渡り、飛び起きた。

「なに⁉　なんなの？」

すぐ近くに川で戦ったあの深緑熊や猪八戒《ちょはっかい》と同じくらいの強さの魔物が三匹いるのがわかった。

気配を探った感じでは川にいたときみたいにケンカしている感じじゃない。あのときはいいところ取りをしたから勝てたけど、フルパワー三匹とは戦っても勝てる気がしない。

こんなに強そうな魔物が近くにいるのに誰も起きていない。

「これヤバいね……なんで誰も起きてないの？　あの人達、見張るって言ってたくせに……早くガルドさん達起こさないと」

リスちゃんに見張りを頼んで、一番近くで寝ているモルトさんとコルトさんを揺する。

「モルトさん、コルトさん起きて。お願い起きて」

あんまり大声を出すと魔物を呼び寄せちゃうかもしれないから声は張れない。

え？　なんで起きてくれないの？

不安になって激しく揺すっても叩いても起きてくれない。

ガルドさんもジュードさんもモルトさんもコルトさんもみんな微動だにしないで目を閉じている。

呼吸で胸が上下に動いているだけ。みんな起きないなんておかしい。


――グウォォォォォォォォ！


気付かれてしまった。木をへし折りながら私達がいる場所へ向かってくる。

「ヤバい！　お願い！　起きてよー!!」

どんなにグイグイと揺すっても目を覚ます気配がない。

ズンズンと頑丈そうな木をものともせずに倒しながら現れたのは、川にいた猪八戒《ちょはっかい》そっくりな三匹だった。

一番近くで寝ていた【ノーモカヴァ】のメンバーの一人が踏まれて絶叫が響いた。

絶叫を聞いてから下に人間がいたのに気が付いたらしく、一匹が潰されてしまった一人を食べた。

「グロすぎる……なんで叫び声にも起きないの？」

ヤバい、マズイと焦燥感に襲われる。

「そうだ！　結界石！」

たしか結界石はガルドさんが持っていたハズ。

猪八戒《ちょはっかい》二匹は【ノーモカヴァ】の面々を襲っているけど、一匹は気持ち悪い笑みを浮かべながら私達の方に向かってきた。

リスちゃんが蔓《つる》を出して威嚇《いかく》している間に、私はガルドさんのマジックバッグを漁《あさ》ろうとする。

だけどマジックバッグの使い方を知らないことに気が付いてさらに焦る。

バッグに手を突っ込んでなんとか結界石を出し、急いで地面に置いて起動させた瞬間、リスちゃんが吹っ飛ばされた。

「リスちゃん！」

ガルドさん達にはなんとか結界を張ることができたけど、やつらの攻撃にこのまま結界が耐えられるかはわからない。猪八戒《ちょはっかい》を引き付けてここから離れなければ。


リスちゃんと協力しながら攻撃していく。一匹でも強いのに、三匹じゃ攻撃を防ぐのにいっぱいいっぱいだ。何回も吹き飛ばされるけど、少しでもガルドさん達から離れるために猪八戒《ちょはっかい》の気を引き続けてちょっとずつ移動する。

右へ左へと攻撃を躱《かわ》しつつ、攻撃を繰り返し、結構な距離を移動してきた。それでもまだ安心はできない。

ちょうど足場にした岩が壊され、私はバランスを崩してしまう。そこに猪八戒《ちょはっかい》の攻撃がスローモーションのように見えて終わったと思った。私になにかが当たって攻撃の軌道から逸れるまでは。

猪八戒《ちょはっかい》の攻撃は私には当たらず、リスちゃんに当たった。リスちゃんが私を助けるために体当たりをしてかばったのだ。

その事実を理解した瞬間、私の体の中から魔力が溢れ出し、巨大な竜巻になっていく。

リスちゃんを抱きかかえて息を確かめる。生きていることに安堵したけど、こんなことをした猪《ちょ》八戒《はっかい》を許すつもりはない。リスちゃんをポケットに入れて、怒りに任せて猪八戒《ちょはっかい》と対峙《たいじ》した。


どれくらいの時間戦っていたのか…………気が付いたら猪八戒《ちょはっかい》を倒していた。

戦闘音で別の魔物を呼び寄せてしまうかもしれない。ここから早く、もっと遠くに離れなければ。

猪八戒《ちょはっかい》を消してフラフラと歩きだし、段々とスピードを上げて走り出した。

風魔法でバンバンと音を立てながらガルドさん達から離れる。


日が明けても走って走って……ひたすら走り……

雷が鳴り雨が降る中、ふと気が付くと森を抜けていた。

百メートルくらい先に、教会らしき建物があるのが見えた。引き寄せられるようにフラフラと向かって歩く。

近付くとそれはだいぶ年月を経た教会の廃墟みたいだった。

少し休ませてもらおうとドアを押すと、ギィーっと軋む音を鳴らしながらゆっくり開いた。

ヨロヨロと中に入り、隅の窓辺近くに座り込む。

リスちゃんを再び確かめて、生きていることにホッと息を吐く。

リスちゃんにリンゴを食べさせようとして、左肩にナイフが刺さっていることに気が付いた。

痛いと思ってたらナイフ刺さってたのか……おなかもいつの間にか血出てるし……

猪八戒《ちょはっかい》は私を吹き飛ばして、その辺にある物投げてきてたからな……

ナイフを抜いて、震える手でリンゴを食べさせ、自分も少しリンゴをかじった。

走り疲れと、おなかと肩の痛さと、リスちゃんがまだ生きていてくれた安心感で、眠くなってきてしまった。

万能リンゴさん、リスちゃんを元気にさせてください。

数時間後……教会に入ってきた気配にも気付かず、私は眠り続けていた。

第十四話　保護者リーダー side

ふと意識が浮上した。

なんだ……？　体が全然動かねぇ！　声も出ねぇ！

目はチカチカするし頭は霞《かすみ》がかったみてぇにボーッとしやがる。

近くでジュード達も唸《うな》ってて動けないみたいだ。

なんか薬を盛られたのか……俺達が持ってる耐性以上とは……クソ！

あいつは？　あいつはどうしてる？

ノーモ達があいつになんかしてたら地獄の果てまで追いかけてやる。

何時間経った？

ようやく目が見え始め、もぞもぞと芋虫のように動けるようになった頃には日が陰り始めていた。

体を動かせるようになるまでほぼ丸一日かかったらしい。

何故か近くに、ノーモ達が採取してきたはずのファイト草と薬草とポーションが置いてあった。

とりあえずこの状態をなんとかしたくて、ズルズルと這《は》うように動いて薬草を食べ、ポーションを飲んだ。

薬草を食べて緩慢《かんまん》ながらも自由に動けるようになり、メンバーにも薬草とポーションを飲み食いさせていく。

ようやく全員が動けるようになった頃には、辺りはすっかり暗闇に支配されていた。

何故か結界石が設置されていて、ノーモ達もあいつも見当たらない。


暗闇の中、全員であいつを探したが近くに気配すらも感じられない。

「ちょっとこれ見てください！」

モルトの焦った声に全員が集まり、モルトが指差したものを見てみると……

「これ……骨か？」

「骨にしか見えないねー。でもしっかりしてる骨だから、あの子のじゃないね」

「つーことはノーモ達か……」

「そっか。違和感を感じたのはそれだねー」

「どういうことだ？」

「臭《にお》いだよー。血の臭《にお》いが濃いのに血痕《けっこん》が見当たらないんだよー」

なるほど。確かに言われればそうか。あいつのことしか考えてなかった。

夜が明けるまで待ってから再び探したが、あいつは見つからなかった。

……一体どこに消えてしまったんだ。


ここから一番近い街は俺達が活動の中心にしているアプリークム国のクラーロだ。

あいつが同じ街に向かっていることを願いながらようやく森を出る。

途中の野宿では今までなら結界石を使っていたが、あいつがいつ俺達のところへ来てもいいように結界石を使わず、誰かしらが見張りに起きていることにした。

道中はイライラを発散するかのように魔物を斬り殺していく。


街に着く前日の夜、今までに感じたことのない何か神聖な気配がしたと思ったら、逆らえないほどの急激な睡魔に襲われ、気を失うように眠りに落ちた。


夢の中で目の前に現れたのはあいつがベッドで寝ている姿だった。

あいつに寄り添うようにヴァインタミアも寝ている。

あいつは生きてるのか？　無事なのか？

触れて確かめたいが体が動かない。

誰かが見ているものを俯瞰《ふかん》的に見させられている気がする。

思うように体が動かせないことにモヤモヤとしていると、頭の中に声が響いた。


「……聞こえますか？　あなた方が教会でお祈りをしたことがあって助かりました。あなた方が助けたこの子は、現在心優しい騎士団に保護されています。ご安心ください。あなた方が活動している街から離れた場所にいますので、すぐには会えないでしょう。一緒にいたクズパーティのメンバーが持っていた対聖光《せいこう》魔道具のせいで妨害され、この子もあなた方もキチンと守ることができませんでした……申し訳ございません」


声はそのあと、俺達が動けなかった間のことを語った。

ノーモ達が痺れ薬や眠り薬、混乱薬など数種類の薬を飯と酒に混ぜて俺達に食べさせ、最後は森に放置して俺達を魔物の餌にするつもりだったこと。あいつを襲い、ヴァインタミアと共に街の奴《ど》隷《れい》商人に売るつもりだったこと。あいつを売れば高額になるだろうから、依頼失敗の罰金ペナルティなどはどうでもよかったこと。

俺たちに飲ませた毒薬入りの酒を間違ってノーモ達も飲み、俺達同様に動けなくなったこと。そこへ魔獣が襲ってきて、ノーモ達は殺されたこと。あいつも飲み物に睡眠薬が入っていたが、ヴァインタミアのおかげで起きれたこと。

そして最後に、あいつが俺達のことを魔獣から命がけで護ってくれたこと……

信心深い訳ではないが、直感的に〝神の声〟だと思った。それならば今見ている視点の謎も理解できる。神であるならば恐らく俺達に伝えたことは本当なんだろう。声の言うことを不思議とすんなり信じられた。

あいつは神の関係者なんだろうか……なら、何故記憶喪失になって呪淵《じゅえん》の森にいたのか……何故あいつを助けてやらなかったのか……

声の持ち主に怒りが湧くと同時に、疑問があふれ出てくる。

自滅したノーモ達のバカさ加減に助かったと言えるのか……

目が覚めると既に夜が明けていた。

メンバーに話してみると、全員が同じ夢を見ていたことがわかった。

クラーロの街に着き、騎士団にノーモ達の件を報告して、何故かポーションや薬草と一緒に置いてあったノーモのマジックバッグを証拠品として提出した。

そのあと冒険者ギルドに行き、依頼達成報告と納品を済ませた。声はこの街から離れた場所だと言っていたが、念のため確認してみた。が、やはりこの街にはいないことがわかった。

ノーモ達の裏切りの報告と依頼達成をしたことで、俺達はSランクに上がった。

だが、正直言って全然喜べない。あいつも一緒だったなら、きっと俺達以上に喜んでくれたことが容易に想像できるからだ。

パーティメンバーの三人もみんな複雑そうな顔をしていた。

宿に向かい、パーティメンバーで今後の話をすることにした。

「俺達の考えの甘さが原因であいつが襲われた。ただの酒ならなんにも問題なかったが、まさか酒にも飯にも薬が盛られていたとは……いや、今言ったところで全て言い訳だな」

「そうですね……自分達のせいですね。もっと警戒しておくべきでした」

「……捜す……」

「そうだな。あいつがちゃんと無事な様子を、直接確認したい」

「あの声は離れた場所で騎士団に保護されていると言ってましたので、この辺りの他の街でもなさそうですね。呪淵《じゅえん》の森から向かったとしたら他国の可能性もありますが……普通では考えられないほどの移動距離ですね」

「あの子自体が完全無詠唱で魔法を使ったりと、いろいろ規格外だから、無意識に何かの魔法を使ったのかもしれないし、あの声が本当に神ならどこかに飛ばしたのかもしれないねー」

「飛ばされてたらどこの国にいるかもわからないが、可能性があるなら呪淵《じゅえん》の森の周りにある国を依頼を受けながら回ろうかと思う。どうだ？」

俺の問いかけに全員、真剣な様子で頷《うなず》いた。

「自分達のせいで襲われたので、彼女は会いたいとは思っていないかもしれませんが……」

「そうだな……だが、俺はちゃんと無事かどうかだけでも確認したい」

「そうだねー。謝って許してもらえるかはわからないけど、確認はしたいねー」

「まず会って謝って、あいつの様子次第で一緒に行動するかどうか聞くか。仮に許してもらえても、もしかしたらその街で生活したがるかもしれないしな」

「そうですね。彼女の幸せが一番です。明日ギルドで彼女に似た人物がいないか、国内を調べてもらいましょう。自分達の出身国なのでそれくらいはできるでしょう。他国はわかりませんが……」

「そうしよー。依頼をこなしながらあの子捜しだねー。他の国は他の国でルールが微妙に違うからねー。全てじゃなくて、その街のギルドにいるかいないかくらいだったら大丈夫じゃない？」

「そうだな。地道に捜そう」

全員で目を合わせ、同じ意思があるかを確認して頷《うなず》き合った。

何ヶ月経とうが、何年かかろうがちゃんと無事を確認したい。声も言っていたように、きっとあいつは無事なんだろう。ただ自分の目で見て確認したいだけだ。

明日は買い物もして足りない物を揃えなければ。準備ができたらすぐに街を出よう。

各自思うことがあるらしく、そのあとの部屋は静かになった。

それぞれのベッドに入って何か考えている。

俺もベッドに入り、目を閉じてあいつの笑顔を思い浮かべながら眠りについた。

第二章　取り戻した記憶

第一話　夢

ふと気が付くと一面の花畑にいた。

目の前には白い塊《かたまり》の小山が二つ。

は？　何ここ。

「ごめんなさい」

「スマヌ」

は？

声が聞こえた。わりと近いところから。

どこから聞こえたのかとキョロキョロと辺りを見回したけど人が見当たらない。

「ごめんなさい。ここです」

目の前の二つの小山が動いた。

うお！　……え？　人？

「人ではありません」

「神だ」

は？　頭大丈夫？　え？　土下座してたの？　頭大丈夫？

「うぅ……二回も頭の心配しないでください」

は？　私喋ってたっけ？

「俺達は神だ。考えていることくらい読める。嫌なら意識して考えと伝えたいことを別に考えればいい」

ふぅー。なるほど。

（一人で考え込むのと話しかけるように考えるって分ければいいのね）

「で、神様が私になんの用ですかね？」

「僕はエアリルといいます」

「俺はアクエスだ」

ふーん。聞いたことのない名前の自称神様だな。

エアリルと名乗った人は金髪よりも黄色に近い髪色で、緑っていうより翠色の瞳を持つ男性。見た目の印象は甘え上手な末っ子属性っぽい。可愛らしい顔立ちのイケメンだ。

アクエスと名乗った人は群青色みたいな髪色で、髪よりちょっと濃い青色の瞳の男性。メガネをかけていてちょっと冷たい印象を与えそうな顔立ちのイケメン。俗に言うインテリメガネっぽい。

こんな神様知らぬ。海外の神様もよく知らないけど何となく違いそう。

疑いの目で二人を見る。

「で？」

「ごめんなさい！」

「スマヌ」

用件を言えと催促すると二人とも再び土下座し始めてしまい、話が進まずイラッとする。

「あぁ！　ごめんなさい！　あなたを巻き込んでしまったんです」

「何に？」

「「……」」

「なんなの？」

これどうしろって言うの？

「「……」」

「はぁ……私ベッドで寝てたハズなんだけど。用がないなら戻してくれませんかね？」

「それは……できません」

エアリルって名乗った方が言い出した。

「は？　できないとは？」

「消滅させてしまったんだ」

今度はアクエスと名乗った方が言う。

しょうめつ……消滅？

「はぁぁぁ!?」

「「ごめんなさい」」

私が大声を出したからか、二人ともまた頭を地面に付け、土下座体勢になった。

「まさか異世界転生物の小説みたいに時空の歪みによって、とか言わないよね？　言わないですよねぇ？」

「えっと……」

「ちゃんと順序立てて説明していただけます？」

煮え切らない態度にイラッとしながら説明を求める。

「えっと……まず……」

しどろもどろに話しているのでまとめる。

この神様達が見守る世界で次元の歪みが多発。神様達は修復作業を始めた。修復作業自体は神なのですぐ終わるらしい。

各神が修復作業をしていて、ひょんなことからこの二人はどっちがより多く修復作業をこなすことができるか勝負をすることになった。競って修復作業をしていたら、二人とも同じ場所を直そうとして同時に神のチカラを使った。

神のチカラが暴発した先にピンポイントで私がいた。

そんなことってある？　ピンポイントで私って……メンテナンスとかどうなってんのよ……どっちが仕事できるかとかどうでもいいわ……

「はぁ……じゃあ私は死んだと。このあとは地獄まで案内でもしてくれるの？」

私は特にいい人でもない。

面倒臭がりで、グータラが大好き。なるべくなら働きたくない。休みの日は基本ゴロゴロ。日曜日に出かける予定がなければ、土曜日はお風呂にも入らない。そこら辺の干物女より人として終わってると自分でも思う。

仕事以外は引きこもり。仕事もなるべく対人じゃないものを選んだ。コミュ障で人見知り。会話のネタの引き出しも数少なく、入っているネタも少ない。

唯一得意と言えるのは料理ができることくらい。レシピサイト見なければ作れる物も少ないので、できる！　とは言えないかもしれないが。

うんうん、と考えていると、アクエスと名乗った方が話しかけてきた。

「いや。全てこちらの責任だから、こちらの世界に来ないかと聞こうと思ってな」

「えっと、さっき言っていたように異世界転生？　しませんか？」

「え？」

「ここ数年、そういう内容の書物がそちらでは流行っているんですよね？」

「まぁ流行ってはいるね……空想上の物語として」

「いかがでしょうか？」

「いや、あれはチートじゃないと。ぬくぬくと安全な日本で育ってきた私にはキツイ。学生時代なら動けるだろうけど、この歳では厳しいよ」

「もちろんスキルなど保証します。こちらの責任ですので！」

「悪魔や魔王と戦えとかは？」

「え？　そういった内容の書物もあるんですか？　残念ながら僕達の世界はそういったことはありません」

「そりゃよかった」

ホッと息を吐く。

「戦いたいワケではないのか」

ちょっとビックリしたようにアクエスって人が発言した。

「失礼な。戦闘狂じゃあるまいし、当たり前でしょ。勇者とか英雄願望なんてありえない。面倒臭いだけじゃん」

「そうですか。ならよかったです。では、僕達の世界に来てもらえるということでよろしいですか？」

「ちゃんと責任取ってくれるならいいよ。好き勝手に生きていいんだよね？」

「はい！　もちろんです！　ね、アクエス？」

「あぁ。ちゃんと責任は取る」

はい！　言質《げんち》取らせていただきました！　言質を取るってより、むしろ喜んでくれました！　どうせならあんまり働かなくてもグータラと生活できるように、ワガママを聞いてもらっちゃおー！

と内心ニヤニヤする。

「まず、その姿のままだと気分もよくないと思うので容姿を決めていきましょう。ご希望はありますか？」

エアリルが白い半透明の板みたいなのを出して聞いてきた。

その姿？

言われてから自分を確認すると白い玉になっていた。白い玉なのに確認できたことに驚きだわ。気付いてなかったよ。立ってると思ってたわ。霊魂ってやつ？

まぁ、消滅したって言ってたもんねと納得した。

「とりあえずムダ毛生えないようにしてください！」

「は？」

「大変なんだよ、ムダ毛処理。カミソリ負けしちゃうし……これから行く世界で脱毛できるかどうかわからないし……どんな感じなのかわからないし」

「あぁ！　説明してませんでしたね。僕達の世界は……」


まとめると……


世界の名前は【エールデテール】。

個々の国でいざこざもあるが、大きな戦争や紛争などもなく平和である。

人族と呼ばれる人間の他にも獣族、魔族と呼ばれている種族がいる。

「剣と魔法のファンタジー」な世界で、魔物や魔獣と呼ばれる生きものがいる。

冒険者ギルドや商業ギルドがあり、腕に覚えがある者は主に冒険者として暮らしている人が多い。

神様は五神。

主神：パナーテル、火の神：イグニス、土の神：ガイア、水の神：アクエス、風の神：エアリル。

文明は地球でいう中世から近世くらいの水準だが、
場所によっては原始的に生活していたり、逆に少し発達していたりする。

王、貴族、平民の身分があり、生活レベルが分かれている。

電気や電化製品はないが魔道具がある。

食べ物は日本、地球にある物と似ている物が存在する。


概《おおむ》ね想像通りだった。と、いうより異世界転生物では〝あるある〟な世界だね。

なので覚えるのは世界の名前と、神様の名前くらい。

「では改めて。容姿のご希望はありますか？」

「ムダ毛生えないようにしてください」

「「……」」

二人とも、沈黙してしまった。

「……わかりました。他にはありますか？」

見つめ続けること数分後、やっと納得してもらえたらしい。

「肌荒れしないキメ細かな肌にしてください」

「……えぇっと。他にはありますか？」

また数分見つめ合い、気を取り直すように質問された。

「あ！　超大事なこと忘れてた！　目！　よく見える目が欲しいです！　何より目が一番大事だった！」

「「……」」

また沈黙。アクエスは驚いたまま固まっている。

「今度は目ですか……」

エアリルに疲れたように言われてしまった。

「あ！　バカにしたでしょ？　目って超大事だから！　私は超ド近眼なんだよ。裸眼だと手元のスマホがギリギリなの。メガネかコンタクト必須なの！　おまけに乱視で裸眼じゃ生活できないの！　自転車乗ってて段差でメガネがズレて電柱にぶつかったんだから！　傍《はた》から見てたら電柱に突っ込んでいった女だよ！」

詰め寄りながら、勢いよくまくし立てる。

「わ、わかりました！　すみません！　視力が悪くならないようにして、よく見える目にします！

ほ、他にはありますか？」

焦りながらエアリルに聞かれた。

「他に？　うーん……できたら子供がいいかな？　小さいうちから魔法とかスキルとか練習したら

伸び代ありそう」

「子供ですね。他にはありますか？」

「イチから二人が作るってことでしょ？　そしたら二人がパパになるだろうから、二人の特徴を持った感じがいいかな」

「「パパ……」」

「あ。嫌だったら別にい……」

「「嫌じゃない」」

食い気味に被せて否定された。

「そう？　なら二人の特徴をもらいたいな。あっ！　でも銀髪も憧れる……うーん……」

私が悩んでる間に二人が相談し始めた。

「では、こういうのはどうでしょう？　僕の色の瞳にアクエスの青みがかった銀髪」

「それいいね！」

「他はありますか？」

「容姿？　あとは超ド級のブサイクじゃなければ別にいいかな？　その世界に住んでる人達に第一印象で嫌われなければいいから、適当で大丈夫」

私が言うと二人で白い半透明な板を出して相談をし始めた。

放置されること数十分。やっと終わったらしい。

「終わりました。では変えますね」

エアリルが言い終わると同時に私の体が光り始めた。

光が消えたところで自分の体を確認する。

「おぉ！　手も足もちっちゃい！　子供だ！　ちゃんと瞳はエアリルの翠？　髪の毛は銀髪にアクエスの青？」

神様なのに勝手に呼び捨てにして、テンション高めに二人に問う。

「はい。ちゃんとなっていますよ」

「わぁー！　ありがとう！」

「いえいえ。では次はスキルです。希望はありますか？」

「うーん。せっかく異世界転生するならいろいろ作ってみたいなー。ポーションとか武器とか防具とか……攻撃魔法も使いたい！　あ！　でもケガしてもすぐ治せるように回復魔法みたいなのも欲しいし……」

「ふむふむ。とりあえずは僕達の加護を付けるので風魔法と水魔法は使えます。あと回復なら光魔法ですね。作るのは錬金術と鍛冶ですかね。鍛冶は僕達ではなく、イグニスの担当なので少しお時間いただいてもよろしいでしょうか？」

「いいよ！　向こうに行ってからでも全然大丈夫！」

「ありがとうございます」

「あ！　大事なの忘れてた！　無限収納《インベントリ》と鑑定と全言語理解！　異世界行くならこれは持っていたい！」

「無限収納《インベントリ》は上位の時間停止と解体機能付き、鑑定も上位スキルの看破にしましょう。看破は相手に悟られずに鑑定することができますし、隠蔽《いんぺい》されていても見破れます。全言語理解は元々付ける予定でした」

「わー！　解体機能と時間停止とかすごいし、相手に悟られないっていいね！　助かる！」

「あとは……耐性やその他スキルですね」

「他は……あぁ！　音楽……」

「音楽ですか？」

「うん。一人カラオケ好きなの。もう二度と地球の音楽が聞けないとか悲しすぎる……せめて私のスマホに入ってる曲を聞けるようにできないかな？」

ショボンとしながらダメ元で聞いてみる。

「うーん……」

また二人の相談会が始まってしまった。

やっぱ厳しいかなぁ……

「ちょっと僕達では判断しかねるので、パナーテル様に聞いてからでもいいですか？」

「本当!?　聞いてくれるの!?　ありがとう！」

「できるかどうかわからないので、大丈夫とは断言できないのですが……」

「聞いてくれるだけでも嬉しいよ！」

「他にはありますか？」

「うーん。後は、近接戦の攻撃手段があれば嬉しいけどそれくらいで、他には特に思い付かないから適当にパパ達二人が選んで」

親が子を思う気持ちでよさげなスキルを選んでくださいなって下心丸出しでパパと呼ぶ。

また二人の話し合いが始まった。今回は待ち時間が長くなりそうだ。


ずっと立ってるのも疲れるので、花畑に座って暇つぶしに花かんむりを作り始める。どうやって作るか最初は忘れていて、だいぶ時間をかけて一つめを作り終えた。二人を確認するとまだまだ終わりそうにないので二つめを作り始める。一つ作り終わる度に二人の様子を確認するけど、話し合いが全然終わらない。

結局、花かんむり五つと花腕輪が四つ完成した頃にようやく話し合いが終わった。

「お待たせしました。決まりましたよ！」

「元々の地球での能力も一緒に付けた」

ニッコリ笑顔のエアリルと微笑みのアクエスにそう言われた。

「ありがとう！　今までの人生が無駄にならないってことだね！」

「そうです。しかし、子供でスキルをいっぱい持っていると、誰かに鑑定されたときに困ることになると思います。なので自分のステータスを隠蔽《いんぺい》できるスキルも付けますね！　鑑定では見抜けません。一般的な子供より少し能力が高いくらいの設定にしておきます」

「これは歳を重ねる毎《ごと》にその年齢より少し高いくらいの能力に見えるように自動設定しておいた。

意図的に自分で解除しない限りは俺達の眷属《けんぞく》のような、特殊な奴以外にはバレないだろう。人間には見破れないはずだ」

アクエスがエアリルを引き継いで説明してくれた。

「隠蔽《いんぺい》！　すごいね！　思い付かなかった！　パパ達ありがとう！」

ちょっとあざといかもしれないけど、私の安全を考えてくれた二人に笑顔でお礼を言っておく。

「あとは、魔法の使い方やエールデテールの情報など刷り込みます。……よし！　ではそろそろ……」

「あ！　待って！」

エアリルが話し始めたのを遮る。

「なんだ？　何か希望を思い付いたのか？」

アクエスが聞いてきた。

「違う、違う。さっき待ってる間に作ったの。花かんむり！　これ五つあるから、パパ達と他の神様に。こっちが腕輪で四つあるからパパ達二人の両腕に。はい！」

はい！　と渡したけど二人とも呆然としている。

「あれ？　勝手にお花摘んで作ったらダメだった？　ダメだったならごめん」

そっか。神様の庭の物は触らない方がよかったか……

「……僕達に……ありがとうございます！」

あれ？　怒らないの？

顔を上げると若干顔の赤いエアリルとアクエス。エアリルにいたってはちょっと涙目だ。

「ありがとな……」

アクエスにまでお礼を言われた。

怒られるかと思ったんだけど……喜んでくれたならいいか！

「では、気を取り直してそろそろ送りますね。僕達も見守っていますが、教会に来てもらえればまたお話できるので！　エールデテールに着いたらステータスを確認してくださいね」

「はーい！　またねー！」

二人が手をかざすと私の足元にアニメやマンガとかによく出てくる魔法陣みたいな模様が出現。

さらにその魔法陣が光り始め、私は眩しさに目を閉じた。

第二話　思い出した

目が覚めるとベッドの上だった。

堅い地面に敷いた毛布の上ではなく、一般的な雰囲気のベッド。

起き上がってベッドに座り、寝起きのボーっとした頭でさっきまで見ていた夢を思い出す。

そうだ。あんなことあったわ。

この世界の常識や魔法の知識など、エアリルとアクエスに刷り込まれた情報を全て思い出した。

エールデテール。地球より遥かに広い世界。

一日は二十四時間。一週間は五日で光の日・火の日・水の日・土の日・風の日となっている。

一ヶ月は三十日で六週間。一年は十二ヶ月で三六十日。


「マジで異世界じゃん……夢オチじゃないのね……」

送られた先がまさか森の中だとは思ってなかった。ワガママなチートをお願いしたから、あの神二人からの嫌がらせだろうか。

しかし、ここはどこだ？

部屋には寝ていたベッド、テーブルにイス、机とイス、服をしまうタンスみたいな箱型の家具。

続き部屋があるらしくドアまである。

ボーっとした頭のまま、続き部屋に歩いて行く。

ドアを開けると簡易洗面所みたいな場所とトイレらしき物。

トイレらしき物は洋式っぽいけど、水洗とかブツを落とす穴とかなく、簡単にいうと背もたれ付きの木の塊《かたまり》に深めのヘコみを付けただけの物だった。

これがトイレか……

ベッドに戻り、異世界を実感して気が抜けた。

ぐるぐると夢の出来事を考えていたら、頭の中でチリンチリーンと音が鳴った。

なんだ？　と思ったら目の前にエアリルがいじっていたような白い半透明な板が現れ、無限収納《インベントリ》の項目が光っている。

ゲームのメニュー画面の要領で、光っている部分をタップするとズラーっとアイテム一覧が出た。

何故こんなに入っているのか。

とりあえず新しい物は一番下だろうと、画面を手早くスクロールしていく。

一番下には……〈エアリルからの手紙〉。

……これはきっと今読めってことだよね……と手紙を選択。

エアリルとアクエスからの刷り込み情報で取り出しも迷うことなくできた。

手紙の表には〝セナさんへ〟。

手書きらしく、少し可愛らしい癖のある文字だった。

神様も文字書くんだなぁーなんて考えながら手紙を開くと……

「セナさんへ
ごめんなさい！　本当にごめんなさい！
僕達別々の国に送ろうとしたみたいで、僕達のチカラが暴走して行き先があの森になってしまったみたいです。そのチカラの暴走のせいで僕達についての記憶やこの世界の知識などを失ったんだと思います。また完全に僕達のミスです。
『二回も命を脅かすミスをするとは何事だ』と他の神にとっても怒られました。ちゃんと責任をとります！　反省してます！　本当にごめんなさい！

記憶を失っていたせいでスキルも定着されていなかったみたいですが、思い出してくれた今は普通に使えるはずです。

セナさんが辿り着いたのは廃教会とはいえ、教会ですのでそちらに干渉できるようになり、僕達と会ったことを思い出してもらえるようにしました。

セナさんがリンゴと呼んでいたあの果物は、僕達神のチカラを込めた〝アポの実〟です。本当に食べてもらえてよかったです。

前に話していた鍛冶と音楽のスキルの許可をもらったので付与しました。

そして、今後このようなことがないよう、全ての耐性を最高にしておきます。

お金や服、アイテムなど必要と思われる物は無限収納《インベントリ》に送ってあります。

それから、心配していると思いますが、あなたを助けた【黒煙《こくえん》】のパーティの人達は無事です。安心してください。あのクズ達に盛られた毒も抜け、もう街に戻っています。彼らのいる場所とセナさんがいる街は少し距離が離れていますので、すぐに会うことは難しいかもしれません。

あのクズは自業自得です。セナさんが気に病む必要はありません。

それと、ずっと一緒にいる、セナさんがリスちゃんと呼んでいるヴァインタミアですが、従魔になりたがっていますので、名前を付けてあげてください。

近々教会にきてもらえると嬉しいです。重ね重ね、申し訳ございませんでした。

エアリルより」

「セナって私のこと？　ってかマジか……エアリル達のせいかい！　はぁ……嫌われたとか嫌がらせかと思ったけど違うっぽいな……そうだ！　リスちゃん！　リスちゃんどこ？」

『キキッ』

リスちゃんを呼ぶとベッドの布団の中から出てきてくれた。

「大丈夫？　もうケガ治った？　痛くない？」

『キキッ』

大丈夫！　って言ってるみたいで安心する。

「よかった。リスちゃん、ヴァインタミアって種族だったんだねぇ。夢でちゃんと全部思い出したよ。エアリルの手紙に書いてあったんだけど従魔になってくれるの？」

『キキッ！』

ちょっと嬉しそうに肩に登って頬ずりしてくれた。

「ありがとう！　名前何がいいかなぁ？　綺麗な透明感のある金色の毛並みに黄色の瞳。見た目はオコジョなんだよねぇ。前歯と尻尾はリスだけど……うーん……」

これからモフモフに囲まれたいから従魔はどんどん増やしたい！　となると名前に統一感が欲しいよねぇ。そしたら色かな⁉

「あぁ！　色とか調べられないじゃん……ネット検索したい……地球の検索機能があれば変な名前付けなくて済むのに……うーん……統一感出したかったんだけどなー。ご飯のレシピも調べたいからレシピアプリみたいなのも頼めばよかった……」

ぶつぶつと呟きながら、うむむーと悩む。

とりあえず覚えている色の外国語をもじって付けよう！　前にゲームで仲間モンスターに名前を付けるのに調べたんだよね。

「リスちゃん。名前クラオルってどうかな？」

女の子だと勝手に思い込んでいたけど性別がどっちかわからない。ちょっと男の子っぽいかな？と私がリスちゃんを両手の上に乗せて聞いた瞬間、リスちゃんがピカーっと発光した。

眩しさにビックリして目を閉じ、再び目を開けると変わらず手の平にリスちゃんがいた。

『よろしくね！〈キキッ！〉』

ん⁉　なんか声聞こえた！　副音声的な声聞こえた！　むしろ鳴き声が副音声！

「リスちゃん？」

『主様、今名前付けてくれたじゃないの！〈キキキ！　キーキキッ！〉』

「あ。やっぱり声の持ち主はリスちゃんなんだね」

私が再びリスちゃん発言をすると手の上から肩の上に移動してベシベシ頬を叩かれた。

「痛くはないけど衝撃が！　ごめんね、クラオル。ちゃんと名前で呼ぶから怒らないで！」

名前を呼ぶとすぐに機嫌を直してくれた。今度からちゃんと名前を呼んであげよう。

「ねぇ、クラオルって女の子？　男の子？」

『そんなこと聞くなんて！　体は男でも心は乙女よ！　でも可愛い女の子もカッコイイ男の子も好

きよ！』

まさか一番最初の従魔がオネエだとは……まぁ、一緒にいてくれるならいいか！　可愛いし、モフモフだし！

「そっかー。普段は可愛いけど、あのでっかい兎と戦ったときとかは魔法で援護してくれたの、かっこよかったもんねぇ」

『わかってるじゃない！』

私が褒めるとすぐに機嫌がよくなった。

チョロい。チョロいぞ。

もう一度手紙を読み直し、クラオル以外のことを考える。


一番重要なガルドさん達が無事って書いてあるところを二回三回と読み直す。

よかった！　無事だった！

〝黒煙《こくえん》〟だったんだ……〝コクエン〟って聞いたから〝黒炎〟の方だと思ったよ。

みんなにまた会いたいな……エアリルの手紙にあいつらが毒盛ったって書いてあったけど、後遺症とか大丈夫かな？　エアリル達が解毒してくれたのかな？　ケガしてないかな？　突然いなくなって心配してるだろうな……

あと、今回のことと耐性は関係ないと思うんだけど……毒盛られたの私じゃなくてガルドさん達だし……まぁ耐性上げてもらえるなら気にしない方がいいのかも……

うん。深く考えないでおこう。

この〝送ったアイテム〟っていうのもなんか怖いな……さっきアイテム欄がものすごくいっぱいだったよ……ありがたいんだけど……変な物が入っていないといいなー。

一度整理しないと何が入ってるかわからない。

さっき現れたゲームのメニュー画面みたいな白い半透明な板を、そのままメニュー画面って呼ぼう！　なんて考えながら、メニュー画面を開き、無限収納《インベントリ》をタップしてみると……一番上に別枠でお金が表示されていることに気が付いた。

アイテムを見ようと思って開いたんだけど、お金のケタがおかしい気がして注視する。

いち、じゅー、ひゃく、せん、……指で確認しながらケタの確認をしていく。……いちおく、じゅーおく。

じゅーおくで終わった。じゅーおく……じゅーおくって十億⁉

え？　しかも数字は七。七十億⁉

送り過ぎだよ！　これ一生グータラできるじゃん！

これだと神様達とのヒモ生活！　それはそれで素敵なんだけど……せっかくなら旅もして色んな物見て回りたいんだよね……

あぁ！　考えがズレていってる！

すぅーはぁー。

すぅーはぁー。

深呼吸をしてとりあえず考えを一旦落ち着かせる。

「ステータスだっけ？　確認しないとね」

白い半透明板を出して確認していく。

＊＊＊＊　ステータス　＊＊＊＊

名前：セナ・エスリル・ルテーナ

種族（＊隠蔽《いんぺい》中）：神人

年齢：5

職業：――――

レベル（＊隠蔽《いんぺい》中）：143

状態：貧血

ユニークスキル（＊隠蔽《いんぺい》中）：看破　無限収納《インベントリ》EX　全言語理解　特殊隠蔽《いんぺい》　音楽再生

スキル（＊隠蔽《いんぺい》中）：水魔法500　風魔法500　氷魔法400　雷魔法400

光魔法200　闇魔法200　無魔法300　空間魔法300

付与250　鍛冶250　木工263　解体250　家事351　直感287　察知296

索敵274　探査256　隠密276　結界250　魔力精密制御346　夜目257

薬学250　錬金術250　身体強化293　意思疎通322　使用魔力減少270
メモリー387　念話250　歌唱375　演奏321　武器術264
武闘術250　自然回復250
耐性（＊隠蔽《いんぺい》中）：状態異常耐性500　精神耐性500　物理攻撃耐性500
魔法攻撃耐性500
従魔：クラオル（ヴァインタミア）
称号（＊隠蔽《いんぺい》中）：異世界転生者　パナーテルの愛を受け取りし者　神を土下座させた者
アクエスの加護　エアリルの加護　ヴァインタミア族の恩人　神達に見守られし者

ワオ！　大盤振る舞いだな……

レベル高くない？　五歳児の平均って一桁とかだと思うんだけど……

あれか！　呪淵《じゅえん》の森で魔獣倒したからか！

私の名前はセナっていうのか。考えてくれたんかな？

日本の名前がしっくりこなかったのは、ちゃんと新しい名前があったからなのね。

スキルは……500って最大じゃん。全体的にスキルレベル高くない？　こんなもんなの？

端数のはここにきてから上がったやつと元々の世界のやつが足されたやつかな？　ピッタリ数字はもらったやつっぽいね。細かいのはまた今度見てみよう。

しかし種族が神人って……人間じゃないのか……

隠蔽《いんぺい》あってよかったわ！　五歳児でこの能力はヤバそうだもんね！　あんまり深く考えないでおこう！　称号は……見なかったことにしよう。ネタっぽいのが一つあった気が……うん。見てない。見てない。私は何も見てない。


「クラオル、ステータス確認したよー」

『あんまり動揺してないみたいね。安心したわ』

「クラオルと話せるようになったのは念話スキルのおかげ？」

『おしいけど違うわ。話せるようになったのは従魔契約のおかげ。念話は……心の中で話す感じよ』

『((試すとこんな感じね))』

おぉ！　頭の中でクラオルの声が。テレパシーみたいな感じだね！

「((おぉ！　これが念話かぁ))」

『すぐできるようになったわね。慣れたら違和感もなくなると思うわ』

「ありがと！　これからは普通に話せるんだねー！　嬉しいよ！」

クラオルを両手で包み込んで頬ずりする。

『ワタシも嬉しいわ！』

夢でいろいろ思い出したことと、エアリルの手紙とステータスの確認だけで疲れてしまった。

頭もまだフラフラするし、体もダルい。さっさと寝ちゃおう。

「クラオル。私また寝るからおなか空いたらこのリンゴ食べて」

『わかったわ。ちゃんと休んでちょうだい』

クラオルにリンゴを渡してベッドにのそのそと入る。


教会で眠ってからの記憶がない。ここがドコだかわからないけど、エアリルの手紙にも何も書かれていないし、クラオルも特に警戒している感じもない。多分ここは安全地帯なんだと思う。明日目が覚めたらここがドコか調べないと……

そして、怪しさしかない私を助けてくれたガルドさん達の無事をちゃんと確認したい。

一応、なんとか結界石で結界張ったけど……無我夢中だったとはいえあのまま放置しちゃった私は最低だよね……恩人だったのに。置いていかれたくないって私が言ったのに……嫌われちゃったかもしれない。

ガルドさん達に許してもらえるかわからないけど、やっぱり会いたい。

とりあえず、動けるようになったらガルドさん達を捜す旅に出よう。エアリルの手紙に離れているって書いてあったけど、そんなに遠くないといいな……

ガルドさん達の優しい温もりを思い出し、私はふわふわと眠りに誘われた。

第三話　新しい街

朝またリスちゃんに頬を優しくテシテシされて目が覚めた。

あ。リスちゃんじゃなかった。クラオルだ！　リスちゃんと呼びすぎてふとした瞬間に前のように呼びそうになっちゃう。気を付けないと。

「おはよう。クラオル」

『おはよ！』

クラオルは挨拶をしながらジーッと私の顔を見つめてくる。

「どうしたの？」

『うん。顔色戻ったわね！　昨日はまだ顔色悪かったんだもの！』

「そっか。心配してくれてありがとう！」

クラオルを手に乗せて頬ずりする。

ふぁ～！　モフモフ！　癒されるわ～。

「それにしても……ここがどこだかわかる？　昨日は夢とステータスでいっぱいいっぱいでそのまま寝ちゃったけど……私潰れた教会みたいなところで寝たハ……んっ⁉」

ここに近付いてくる気配を感じる。

誰だかわからないけど、あのもう一つのパーティのせいで大変な思いをしたし、用心に越したことはない！

近くに木刀が見当たらなくて、身体強化でなんとか乗り切ろうと構える。

――トントントントン。

え？　ノックするの？

予想外のことにビックリして少し困惑。

――ガチャッ

ドアが開いてハッと構え直す。

騎士みたいな格好のイケメンが私を見て一瞬驚いた後、微笑みを浮かべながら口を開いた。

「目が覚めたのですね。よかった……もう動けるみたいですね」

「……誰？　あの人達の仲間？」

この人は嫌な感じはしないけど、森で大丈夫かと思ったら痛い目にあったので、構えを解かずに聞き返した。

「あなたがおっしゃる〝あの人達〟というのが誰のことかはわかりませんが、おそらく違うと思います。私はあなたが呪淵《じゅえん》の森の近くの廃教会にいたのを保護し、こちらの第二騎士団の宿舎にお連れしました」

嘘を言っていないかわからないのでジーッと見つめると、

――ポンッ。

と、目の前にステータスやメニュー画面のように白い半透明な板が出てきた。

＊＊＊＊　ステータス　＊＊＊＊
名前：フレディ・ロガス
種族：人間
年齢：17
職業：第二騎士団副隊長
レベル：37
状態：健康
スキル：剣術　弓術　格闘術　水魔法　氷魔法　乗馬　解体　危険察知　魔力制御
耐性：物理攻撃耐性　魔法攻撃耐性
称号：キアーロ国カリダの街第二騎士団副隊長　氷の騎士
神様一言：こいつは真面目だ。そして善い心を持ってるから安心していい

ワオ。ステータス出てきちゃったよ！　出てきたのなら見ちゃうけど。

ふむふむ。嘘は言ってないみたい。第二騎士団副隊長ってなってるし。称号の氷の騎士ってマンガとかに出てきそう！

って、神様一言⁉　これ、口調からするとアクエスっぽいな……水魔法使えるからわかるのか！

納得だよ！

「大丈夫ですか？」

ステータスを見ていて、黙っていたら問いかけられた。

「大丈夫。ちょっと混乱しただけ」

嘘じゃなさそうだし、アクエスが大丈夫だと言うのなら大丈夫なんだろうと構えを解く。

「そうですか。三日間も眠っていたのでおなかが空いているでしょう？　食事を食べに行きましょう」

三日間!?

ビックリして確認のために思わずクラオルを見ると頷かれた。

マジか……

とりあえず付いていった方がよさそうだよねと、副隊長に付いていく。

ちょっとフラフラする。三日間寝ていたっていうのは本当みたい。

一瞬強めにクラっとして、副隊長の足にぶつかって尻もちをついてしまった。

おおぅ。頭がフラっとしちゃったよ。

起き上がって謝ろうとしたらいきなり抱え上げられた！

ひぃー！　何!?　何なの!?

咄嗟に副隊長の服を掴む。

「驚かせてすみません。フラフラしていますね。気が付かず歩かせて申し訳ございません。私が食堂まで運ぶので安心してください」

あぁ……ヨタヨタしてたから運んでくれるのか……

「……ありがと。でもいきなりだとビックリするから言って……ください」

普通に話そうとしてから、敬語の方がよさそうなことに気が付き、語尾だけ付け足した。

「以後気を付けます」

大真面目に言いながら右腕に座らされてお子様抱っこになった。

(真面目か！　そうだ真面目って書いてあったわ！)

心の中でツッコミ、運んでもらう。


食堂に着き、副隊長がドアを開けると大人数の騎士服を着た人が席に座っていた。

開けた瞬間にバッと注目されてビクッと体が反応してしまう。

「気にせず食事を続けてください」

副隊長がちょっと冷たく言い放った。

え？　さっきと雰囲気違うよ？　私が子供だからちょっと優しめに話してたの？

食堂の中に入ると、一番奥の座面の高いイスに座らせられた。

「少々お待ちください」

そう言って副隊長はキッチンがあるだろう方向に行ってしまった。

副隊長がいなくなると、他の騎士さん達にチラチラと見られる。

前のガン見も嫌だったけど、このチラチラと窺《うかが》う感じの視線も嫌だわー。元々が引きこもり体質だから人に注目され慣れてないんだよ……

俯いて視線に耐えていると、副隊長が戻ってきた。

「一人にしてしまって、申し訳ございません。こちらがあなたの食事です。大きいと食べにくいと思い、こちらのお皿を選びました。おかわりもありますので、遠慮なくおっしゃってください」

言いながらスープとパンが載ったトレーを私の前に置いてくれる。

これはなんだろうと見ると、

――――ポンッ

と音がして、また半透明の板が出てきた。

＊＊＊＊　ラビ肉のスープ　＊＊＊＊
ラビ肉と野菜が煮込まれた塩味のスープ／じっくり煮込んであるから野菜は柔らかく消化に良い／安心安全の無毒

毒が入っていないと表示されたので安心し、手を合わせて小さくいただきますと食べ始める。

美味しい。空きっ腹に染み渡る。

全体的に私の一口《ひとくち》サイズ。入っている肉も柔らかく、野菜もよく煮込まれている。食べやすくて、美味しい。美味しいんだけど……ジュードさんの作ってくれたスープの方が私好みだなぁーなんて思ってしまう。

この世界に来てからの初めての料理がジュードさんの作ったご飯だったから、母の味みたいな感覚なんだろうか？

もそもそとゆっくり食べながら、チラッと隣に座って食べている副隊長のご飯を見てみると、倍量のスープにステーキみたいな大きさの肉を焼いたもの、パンが四つ。

スープの具はザックリと切られていて全体的に大きめだった。

料理人さんが気を利かせて、私用のスープは小さく切ってくれたんだろうことが窺《うかが》える。

それにしてもすごい量。ガルドさん達も大食いだったけど、ここの世界の人達はみんな大食いなんだろうか……

ゆっくりと食べ終わり、スプーンを置いて手を合わせてご馳走様をする。

「もう、よろしいのですか？」

「うん。美味しかったです。ご馳走様でした」

副隊長に聞かれたので、ペコりと頭を下げお礼を言う。

「では片付けて部屋に戻りましょうか」

いつの間にか、あの大量のご飯を食べ終わっていたらしい。

「わかりました」

返事をして立ち上がり、自分が食べたトレーを持とうとすると副隊長にサッと奪われた。

え？　何で？

「危ないので私が片付けてきます。少々お待ちください」

副隊長は自分のトレーと私のトレーを持って片付けに行ってしまった。大人しくイスに座って待っていると、すぐ戻って来てくれた。

「先程と同じように私が抱えていきましょう。何かにぶつかったら怪我をしてしまいますので」

そう言って手を伸ばしてくれたので、お礼を言って大人しく抱っこしてもらう。

「後ほど話を聞きたいのでお迎えに上がります。それまで部屋でゆっくりとしていてください」

部屋に入り、私を降ろしてキッチリとお辞儀をしてから立ち去っていった。

(真面目か！)

あまりにもお辞儀がカッチリしていたので思わず心の中でつっこんでしまった。

ベッドに座って息を吐く。

『大丈夫？』

「食堂は気まずさ満点だったけど、今は大丈夫。クラオルおなか減ったでしょ？　リンゴ食べよ？」

『そうね』

心配してくれているクラオルと一緒に無限収納《インベントリ》からリンゴを出して食べる。

『そうそう。今まで呪淵《じゅえん》の森では食べるものがなかったのと、怪我とか栄養とか考えてアポの実を食べてたけど、街では無理に食べなくても大丈夫よ。むしろ、いざってときの回復手段として持っていた方がいいわ』

「そうなの？　クラオルのご飯は？」

『ワタシは何でも食べられるわ！　主様の食べ物を分けてもらえれば大丈夫よ。なんなら従魔契約したから食べなくても大丈夫なくらいよ』

「えぇー。そうなの？　でもどうせなら一緒に食べようよ。美味しい物は美味しいねって話しながら食べた方が楽しいし、美味しさもアップだよ？」

『んもう。可愛いこと言うじゃない』

「え？　普通じゃない？　たとえ不味くても一人なら嫌な思い出になるかもしれないけど、二人だったら笑い話になるでしょ？」

『そうね。そういう考えもできるわね。ワタシも主様と一緒に食べるのは好きだから、これからも一緒に食べようかしら』

「うんうん。そうしよう！　クラオルは食べちゃダメなものとかアレルギーとかないの？」

『ないわ！　そもそも魔獣には好き嫌いは多少あっても、基本何でも食べられるわ』

「そうなんだ～。それなら安心だね！　私がいた世界とは違うんだなぁ～」

　地球の犬や猫みたいに食べちゃダメなものはないらしい。

『そうよ！　それと！　主様の前の世界の話は基本的にしない方がいいわ！　ワタシはガイア様から聞いて知ってるけど、他の人は理解できないわよ』

「それはわかってるよー。ってなんでガイア様？」

『あら？　言ってなかったかしら？　ワタシ元々ガイア様の眷属で、あの森で主様と会ったヴァインタミアをまとめてたのよ』

「えぇ!?　初めて聞いたよ！　じゃあなんで赤猿に捕まってたの？」

『妙な気配を感じてそこに向かっている途中、ちょっとヘマして捕まっちゃったのよ……まさか助けられるとは思ってなかったけど……』

「妙な気配？」

『神のチカラよ。膨大な神のチカラが現れてすぐに消えたの。だからワタシが見に向かったのよ』

「それって……私のこと？」

『結果そうだったわね。主様本人ってより、主様を送るときのエアリル様とアクエス様のチカラの暴発のことだけど。まったく人騒がせだわ』

やれやれとクラオルがため息を吐く。

「ごめんね」

あの神達が私を送ったせいでクラオルが赤猿に捕まったと聞いて、申し訳なくて謝る。

『主様のせいじゃないじゃない。むしろ被害者よね？　主様も記憶喪失になってたし……大丈夫！ガイア様に言ってお説教してもらったわ！』

おぉ。エアリルがお説教された理由がここに判明した。

「あ、ありがとう。でもガイア様の眷属なのによく私と契約してくれたね」

『主様なんも考えずにワタシのこと助けて、アポの実食べさせてくれたでしょ？　そして仲間のもとに送ってくれた。あの黄金のアポの実はね、この世界の住人からしたら伝説のアイテムなのよ！

それをニコニコと普通に渡してくるわ、ワタシの仲間にも食べさせるわ……ビックリしたわよ！』

クラオルがしてくれたリンゴの説明に私が驚かされた。

「え……ごめん。この世界には万能リンゴがあるんだなー。すごいなー。くらいにしか思ってなかったんだよ。毎日ポケットに入ってたし……」

『だと思ったわ。あのアポの実はね、手足欠損だろうが体半分なくなろうが、生きてさえいれば治っちゃうくらいの代物《しろもの》なのよ！』

「えぇー!?　そんなすごい物だったの!?　確かにケガとか寝不足とか治ったけど……」

『やっとわかってくれたわね。この子、騙されそうだわって思ったのが最初ね。でも、リンゴを見せるなとか半分食べろとかすぐわかってもらえてよかったわ』

「うっ……ありがとうございます。リンゴのことは内緒にします」

『当たり前よ！　まぁ、一緒にいるうちに主様のこと好きになったから契約したのよ。あ！　ちゃんとガイア様に許可はもらってるわよ』

「好きかぁ……えへへっ。ありがとう！　私もクラオルのこと大好きだよ！」

手の上に乗せてモフモフを頬ずりする。

あぁ～。癒される！

「いつお迎えが来るんだろうねぇ」

クラオルをモフモフしながら待つこと数時間。

副隊長の気配が近付いてくるのがわかった。

ドアがノックされて返事をすると、フレディ副隊長が部屋に入ってきた。

「お待たせいたしました。案内しますので、移動してもらってよろしいでしょうか？」

「はい」

普通に歩いて行こうと副隊長に近付くと、副隊長はしゃがんで手を伸ばしてきた。

え？　まさかのまた抱っこですか？

「歩ける……ますよ？」

さっきまでクラオルと話していたので、タメ口になりそうになったのを無理矢理直す。

「遠慮なく。どうぞ」

遠慮っていうより有無を言わさない雰囲気なんだけど……

何となく圧を感じて大人しく抱っこしてもらう。

「では参りますね」

大人しく抱っこされている私を確認して微笑む。

これは優しさなのか、それとも逃げんじゃねぇぞってことなのか……食堂の他の騎士さんには冷たかったのに私には優しい？　優しさだとしてなんで私に優しいんだ？


――トントントントン。

考えているうちにお目当ての場所に着いたらしく、副隊長がノックする音で気が付いた。

「入れ！」

ドアを挟んでいるハズなのに普通に大声がして、体がビクッと反応してしまった。

「失礼いたします」

副隊長に抱っこされたまま部屋に入る。部屋は広く、二十畳くらいありそう。続き部屋もあるらしく、左右にドアがあった。執務室って雰囲気だけど、物が乱雑に置かれている。

ここが執務室なら、その床に散らばっている大量の紙は書類とかじゃないんですか？　そこに置いてある物は壁に掛けるものじゃないですか？　何故篭手《こて》が片方だけ落ちてるんですか？

副隊長の腕の中でキョロキョロと部屋を眺めていると、この部屋の主で、さっきの大きい声の主だろう人がこちらを見ながら固まっていた。

マッチョだ。筋肉！　ってよりはガタイがいい！　って雰囲気の人。全体的に大きい。

どうしたんだろうか？　と首を傾げる。

「……お連れしました。さぁ、こちらへどうぞ」

放心状態の部屋の主を放置して、比較的片付けられているソファに座らせられた。

「少しお待ちくださいね」

「……はい」

私に言ってからスタスタと部屋の主の前まで歩いて行き、バン！　と部屋の主の前の机を叩いた。

いきなりの行動に私はビックリ。

体もビクッ！　とさっきより大きく反応して、軽く飛び上がってしまった。

ひぇぇ！　なに⁉

「まったく。私が準備しておくように言ったのに、この部屋の散らかりようは何ですか？」

「お……おぅ……」

「小さな少女を連れてくると言いましたよね？」

「お……おぅ……」

「話を聞ける状況にしておくように言いましたよね？」

あ。これはお説教パターンですかね？

「((お説教始まっちゃったね))」

『((そうね。ワタシ達の存在、忘れてそうね))』

クラオルと念話で話している間も、副隊長がマッチョにお小言を言い続けている。

二人でお説教が終わるのを待つことにすると、

――トントントントン。

ノックの音がしているのに、二人は気付いていない。

仕方ないのでソファから立ち上がり、歩いてドアを開ける。

ドアの前には副隊長より背が低めの、可愛い顔をしたイケメンがいた。

訪問者は私がドアを開けたことに驚きつつも「隊長は？」と聞かれたので、ドアを大きく開いてお説教中の二人を見せてあげた。

「あぁー。なるほど。わかりました。ドアを開けていただき、ありがとうございます」

お礼を言われたのでコクリと頷く。

勝手知ったる部屋らしく、訪問者は私にソファに座るように言うと、続き部屋の方に歩いていった。

「((なんか新しい人来たけど、二人とも気付いてないね))」

『((そうねぇ。あの来た人の納得した様子から、いつものことなのがわかるわ))』

クラオルと念話で話していると、訪問者が飲み物を持って来てくれた。

「どうぞ」

私の前のテーブルに置いてくれる。

匂いからして紅茶っぽい。

ジッと見つめると、またポンッと説明画面が出てきた。

＊＊＊＊　ミール紅茶　＊＊＊＊
ミール草が原料の紅茶／優しい香りで精神を安定させる効能あり／大人から子供まで幅広く飲まれている／安心安全の無毒

香りからして、ミール草ってカモミールかな？

お礼を言って一口《ひとくち》飲むと、予想通りカモミールティーだった。

「この状況になってどれくらいですか？」

私が飲んだことを確認してから聞かれた。

そんなに時間が経っていないことを説明すると、男性は何かブツブツと呟いた後「待っててください」と、一方的に告げて、ささっと部屋から出ていってしまった。

クラオルと二人で話していると、さっき出て行った男の人が戻ってきた。今度はノックをせずに、コソッと部屋に入ってくる。

戻って来た男性は「どうぞ」とクッキーらしき物が入っているお皿を紅茶の隣に置いてくれた。

「えっと、ありがとうございます」

一枚手に取り、説明カモーン！　と念じると、またポンッと音が鳴って説明書きが現れた。

＊＊＊＊　クッキー　＊＊＊＊
一般的なクッキー／甘さは控えめ／ちょっと硬い／安心安全の無毒

やっぱりクッキーだった。手に取った一枚を一口《ひとくち》齧ってみると、説明書きにあった通りに硬め。

そしてボロボロと割れてちょっと食べにくい。

「ふふっ。付いていますよ」

モグモグと噛んでいると、頬に付いたクッキーの粉を払ってくれた。

「ありがとうございます……」

恥ずかしくなって俯きながらお礼を言う。

――トントントントン。

またノック音が。

「あ。来たかな？　僕が開けます」

クッキーの人はサッとドアに近付いて開き、相手を確認して敬礼している。

お偉いさん？

首を傾げていると、身長高めの無表情なイケメンさんが現れた。

顔の作りは全然違うんだけど、優しそうな雰囲気がコルトさんに似てる！

さっきまで知らない人がいっぱいで不安だったけど、一気に安心感。

「……おい。……おい！」

コルトさん似の人がお説教中の二人に声をかけると、二人はようやく気が付いた。お偉いさんの声は大声じゃないのに、よく通る声だった。

「すまん」

「申し訳ございません」

「……状況は？」

コルトさん似の人が問う。

「それは僕が。僕が来たときには既にあの状態で、二人は僕がノックした音にも気付いてなくて、この少女がドアを開けてくれたんだ。そして飲み物を出して、キッチンから持ってきたクッキーを今さっき一枚食べてもらえたところ」

食べたクッキーの枚数まで報告するの⁉　そしてそんな告げ口みたいな報告でいいの⁉

報告を聞いたコルトさん似の人に見られたので確認かな？　と予想をつけ、コクリと頷いておいた。

「……そうか。そっちの話は後でもいいか？」

「はい。申し訳ございません」

確認された副隊長はキッチリとお辞儀をして謝った。

「……とりあえず座ろう」

コルトさん似の人に促されて全員でソファに移動した。

私を真ん中に左側に飲み物とクッキーをくれた人。右側に副隊長。向かい側のソファにマッチョとコルトさん似の人。

「……一応、報告は受けたが、もう一度最初から頼む」

コルトさん似の人が副隊長に言う。

「はい。私は見回りのために少人数で呪淵《じゅえん》の森の付近にいました。雨の降る中、帰ろうとすると、私の愛馬が違う方向に行きたがりました。他の隊員に予定通り帰るように指示を出し、愛馬が気にする方角に走りました。辿り着いたのは呪淵《じゅえん》の森北側の端の入り口近くにある廃教会でした。愛馬が中の様子を窺《うかが》っていたので、確認しようと教会内へ。中は血の匂いが充満しており、彼女が隅で縮こまって座っていました。彼女を中心とした床には血溜まりが広がり、ぐったりと目を閉じている彼女の息を確認。このままでは危険だと判断して、保護を決めました。すぐに愛馬のもとに戻り、体が冷えないように毛布でくるんでこちらの宿舎に連れてきました」

そうだったのか～。後で副隊長とお馬さんにお礼を言わないと！

「で、なんであそこにいた？」

マッチョが目付き鋭く、私を見ながら聞いてきた。

あの森で最後に必死で戦った記憶が鮮明に蘇《よみがえ》ってくる。

自分で軽く思い出すのとは違い、グロさや恐怖、嫌悪感までも思い出してしまう。

「安全だと思ったから…」

小声で答え、両手を握って震えないように耐えていると、肩に乗っているクラオルが頬をスリウリとしてくれた。

「ねぇ。その聞き方酷くない？」

クッキーの人が話に入ってきた。

マッチョは頬をポリポリとかいている。

「何かなかったら血溜まりの中、隅で寝てないでしょ。こんなに青白くなっちゃって……もう少しこの子のことを考えてあげなよ」

クッキーの人は私が握りしめていた手に左手を添えて、反対の右手で頭を撫でてくれた。

優しい手つきで撫でてもらえて、私は少し落ち着きを取り戻せた。

「あぁー。悪かった。悪かった」

「(悪いと思ってないな)」

ボソッとクッキーをくれた人の小さな呟きが聞こえた。

『((このマッチョ、関わりたくないわね))』

マッチョはクラオルから敵認定されたみたい。

「思い出したくないと思うけど、僕達にわかりやすく説明してもらってもいいですか？」

クッキーの人が申し訳なさそうに私に聞いてくる。

(神様とか転生の話はできないから誤魔化して……)

「パパ達が転移の魔法陣で私を送るのに失敗して森に落ちた。クラオルと優しい冒険者のパーティに助けてもらっていたけど、途中で合流した別のパーティに裏切られて……そのタイミングで魔獣に襲われて、逃げてる途中で優しいパーティと離れ離れに。追ってきた魔獣の攻撃からなんとか逃げて……走って、走ってあの教会で力尽きた」

わかりやすく説明してって言われたから簡潔に説明した。

この世界に転移魔法陣があることはエアリル達の刷り込み情報で知ってるから、多分話しても大丈夫でしょう。実際そんな感じに地面が光ってたしね。

四人とも私の説明を聞いて何とも言えないような顔を浮かべ、沈黙してしまった。

「((こんな説明でいいよね？))」

『((上出来よ))』

「っひどい!!」

一番最初に沈黙を破ったのはクッキーの人だった。

「あの危険な森でこんな少女を裏切るなんて！　大変だったねー。もう大丈夫だよ！」

私を抱きしめて、頭を撫でながらクッキーの人が言う。

一気にフレンドリーになったな……私にだけ敬語で喋ってたけど、他の人には口調を崩してたから素になった感じかな？

「……すまなかった……嫌なことを思い出させた。何かあったのはわかっていたがそこまでとは……」

コルトさん似の人が頭を下げた。

『((ちゃんと頭を下げることができるのはいいことだわ))』

クラオルの評価が上がったみたい。

「……名前を教えてくれないか？　あぁ、その前にこちらからだな」

コルトさん似の人が話し始めた。

「……俺はブラン・キアーロ。このカリダの街の騎士団をまとめている団長だ」

黒髪にオレンジ色の瞳を持った無表情なイケメン。雰囲気はコルトさんに似ていて優しそう。

「オレはリカルド・ドロレス。カリダの街の第二騎士団隊長だ」

茶髪に茶色の瞳を持ったマッチョ。顔だけ見ればイケメンだと思う。

「次は私ですね。私はフレディ・ロガスといいます。あなたをこの宿舎までお連れしました。ここカリダの街の第二騎士団副隊長をしています」

うん。ステータス見ちゃったから知ってる。金に近い銀髪に水色の瞳を持ったイケメンで、真面目さはアクエスのお墨付き。

「最後は僕だね。僕はパブロ。今は騎士団に入っているけど、元々平民だからファミリーネームはないんだ。兎族だよ」

銀髪に茶色の瞳の可愛らしい顔をしたイメケン。

話し終わると同時に、隠していた長いウサギの耳をぴょこんと出してくれた。

「わぁ！　可愛い！　触ってもいい？」

あまりの可愛さに興奮しながら聞いてしまう。

「うーん……いいよ！　特別ね。他の獣族は勝手に触っちゃダメだよ？　はい。どーぞ」

「はーい！　ありがとう！」

頭をこちらに倒してくれたので優しく触る。

わぁ！　毛が柔らかい！　本物のウサギみたい！　可愛い！　ずっと触ってられる！　堪らん！

五分くらいナデナデさせてもらい、満足してから手を引っ込めた。

「ありがとう！　ふわふわだね！」

満面の笑みでクッキーの人ことパブロさんにお礼を言う。

「本当に勝手に獣族の耳やしっぽに触っちゃダメだよ？　獣族にとって、とても大事なところだからね？」

若干赤い顔をしてパブロさんに返された。

「はーい！　気を付ける！」

ニコニコと元気よくパブロさんに返事をする。

ゴホンッ！　と咳払いが聞こえて我に返った。

(そうだ。自己紹介中だったんだっけ。うさ耳に夢中で忘れてたよ)

「私か。私はセナ。セナ・エスリル・ルテーナ。五歳。この子はクラオル」

『キキッ』

「セナさんですか。いい名前ですね」

簡潔に自己紹介をすると、フレディ副隊長が微笑みながら名前を褒めてくれた。

「ありがとう！」

フレディ副隊長にお礼を言ってから顔を正面に向けると、ブラン団長とリカルド隊長が目を見開いてビックリしていた。隣りに座っているパブロさんも驚いている。

ん？　なんだ？

「気にしなくて大丈夫です」

首を傾げていると、フレディ副隊長が頭を撫でてくれた。

「今までどんなところに住んでいたのですか？」

フレディ副隊長に聞かれて悩む。

「(クラオル！　どうしよう！　この世界のこと知識でしか知らないよ！))」

『((適当に答えて、ここから遠い国って言えば大丈夫よ。多分))』

「どんな？　んー。普通だと思……います」

さっきのうさ耳から気を付けないと口調が崩れそうになってしまう。

「両親はどんな方ですか？」

両親ねぇ……日本の両親は……普通のサラリーマンとパートの主婦だったからなぁ。あ、でも私が引きこもりでも特に文句とか言われなかったな。

「優しかった……です。もう二度と会えないけど」

「そうですか……申し訳ございません。また辛い記憶を思い出させてしまいましたね」

「大丈夫……です。パパ達がいますし、クラオルも一緒にいてくれるので」

うん。あの神様達とクラオルがいるし特に寂しくはないんだよね。

何故か今まで全然思い出さなかったし。薄情な娘だな……三十年も育ててもらったのに。

『((思い出さなかったのは神達がそうしたからよ。戻りたい！　って思っても、もう戻れないでしょ？　ちゃんと記憶はあるままだけど寂しい！　って気持ちにならないように神達が配慮したのよ。だから主様のせいではないわ。気にしなくて大丈夫よ))』

クラオルが念話で話しながらスリスリしてくれた。クラオル優しい。

神様達はそんな設定してくれてたのか。お父さん、お母さん。ごめんね。そういう設定らしいです。ちゃんと覚えてるからね！

「パパ達というのは、ご両親とは違うのでしょうか？」

「うん。違……います。産んでくれたお父さんとお母さんと別。パパ達は育ててくれた人達？」

最後疑問形になっちゃったや。記憶とかの刷り込みとかしてもらったし、そんな感じでいいよね？

この体を作ってくれたのはエアリルとアクエスだけど、やっぱりお父さんとお母さんってなると日本の家族の方がしっくりくるもん。

「そうですか……」

フレディ副隊長はそう言って黙ってしまった。

気にしてくれたんだろうけど二度と会えないのは覆らないし、その辺は大丈夫なんだけどな〜。

「……話しにくいか？」

唐突にブラン団長に話しかけられて、何のことだかわからずに首を傾げる。

「……さっきパブロと話していたときは自然だっただろ」

あぁ！　なるほど。ですます口調にしようとして若干カタコトになってたからか。

「偉い人と喋るの緊張……します」

「……自然に話せる言葉遣いでいい」

「わかった。ありがとう」

「……ん。それで、なぜ転移魔法陣で送ることになったんだ？」

口調の許しを得たところでブラン団長に聞かれた。

「私が冒険者になっていろいろ見て回りたいって言ったから。安全な街に送ってくれるって。失敗して記憶喪失にもなったけど……」

「えぇ!?　もう大丈夫なの!?」

パブロさんが大声で驚いた。

「うん。森にいる間は記憶がなかったけど、死にかけたからか思い出した。もう大丈夫だよ」

実際は教会に行ったから、エアリルが私に干渉して思い出すようにしてくれたんだけど。

「よかったじゃねぇか」

いきなりマッチョことリカルド隊長が話に入ってきた。

「「は？」」

隊長以外が驚きの声を上げた。

多分、記憶が戻ったことに関して言ったんだろうけど、言い方が軽すぎるよ。

クラオルからも怒りのオーラが出ている。

「(ありえない。なんでこの人、人間やってんだよ。いい加減黙っててくんねぇかな)」

ボソッと他の人に聞こえないようにパブロさんが呟いた。

パブロさんの人間性を疑う発言でちょっと笑いそうになっちゃったじゃん。

「大変申し訳ございません。後ほど注意しておきます！」

フレディ副隊長が謝ってくれた。

当の本人は何がいけないのかわかってなさそう。

「……申し訳ない。俺からも言い聞かせておく。……それでそれはわざとではないのか？」

「ん。違う。パパ達は優しいもん。いろいろ準備してアイテムもお金もくれたし」

「……そうか。その荷物はどこにある？」

『(無限収納《インベントリ》って言っちゃダメよ！　超〜貴重なんだから！　アイテムボックスって言いなさい！)』

説明しようと息を吸ったところで、クラオルから注意が入った。

「アイテムボックスに入ってるよ」

「……アイテムボックス持ちなのか⁉」

すごい勢いでブラン団長が食い付いてきて、私は目を剥いた。

「((えぇー⁉　すごい食い付きだよ！))」

『((当たり前よ。アイテムボックス持ちでさえ中々いないわ。無限収納《インベントリ》なんて理解できるかすらわからないわよ。無限収納《インベントリ》とアイテムボックスの違いは、普通の人間にわかる訳ないから目の前で見せても大丈夫よ))』

マジか……私がわかるのは刷り込み情報のおかげか……まぁ、見た目にそんな違いがあるわけじゃないしね。

「うん。アイテムボックス持ってるよ」

「……見せてくれないか？」

「いいよ」

(うーん。アイテムはまだ確認してないからお金でいいか)

無限収納《インベントリ》から金貨を二枚出して見せてあげた。

「……本当だ。すごいな……」

他の人はポカーンと口が開いている。

「……戻していい」

ブラン団長に言われて、出した金貨をしまう。

「……なるほど。それなら冒険者としても商人としてもやっていけるな」

ブラン団長からお墨付きがもらえた！

「でもでも、こんないたいけな少女が戦うなんて！　冒険者は危険がいっぱいだよ！」

パブロさんが段々声を大きくしながら熱弁し始めてしまった。

いたいけな少女って……今の幼女姿はそう見えるのかな？　中身はとっても残念だけどね！

「ん。大丈夫！　パパ達がいっぱい教えてくれた」

「転移魔法陣を作れるくらいの方々に教えてもらえるなんてすごそうですね……」

ニッコリとパブロさんに言うと、フレディ副隊長が呟いた。

あぁー。神様だし否定できないわ。肯定しておこう。

「うん。パパ達はとってもすごいよ！」

「でもでも凶悪なのとかもいるんだよ!?」

パブロさんは心配性らしい。

うーん。このままだと冒険者ギルドで登録も難しそう。ちょっと見せてあげれば大丈夫かな？

パブロさんの目の前に人差し指を立てて注目させ、水球ができるように魔力を込める。こぶし大の水球ができたらそれを徐々に上昇させて天井近くまで上げて霧雨のように霧散させてみせた。

「魔法使えるから大丈夫だよ」

パブロさんにニッコリ話しかけたけど、目と口をあんぐりと開け、呆然としている。

あれ？　なんかまずった？

『((はぁ……当たり前よ。主様今、完全無詠唱で魔法使ったじゃないの))』

「((え？　それくらい誰でもできるでしょ？))」

『((みんなできないのよ！))』

「((えぇー!?　でもガルドさん達に何も言われなかったよ？))」

『((それは主様がワケありの子供で、記憶喪失だと思ってたから気をきかせたのよ！))』

マジかよ！　そしてそれでも優しく接してくれたガルドさん達は最高にいい人達だね！

『((はぁ……主様が今何考えてるか、手に取るようにわかるわ。んもう、主様ったらズレてるんだから。あのパーティは特別よ。普通はそんなに優しくないわ))』

「((そっかー。記憶喪失の状態でみんなに会えたのは奇跡だね))」

クラオルと二人で念話をしていると、ようやくパブロさんが復活したらしい。

キラキラした笑顔で「すごい！　完全無詠唱！」と、興奮気味に手を握られた。

『((話題を変えることをオススメするわ))』

「((そうだね。これ以上つっこんで聞かれたら面倒くさい))」

「そういえば今着ているこの服は？　私の元々着ていた服は？」

手を握られたままなのでパブロさんに聞いてみた。

今着ているのは白いワンピースだけど、私が着ていた膝丈ワンピースとはデザインが違って膝下まである。履いていたブーツもショートブーツに変わっている。

なんと、血だらけだったからフレディ副隊長が用意してくれたらしい。

「……この街出身ではないのだろう？」

「うん」

話題を変えるようにブラン団長に聞かれたのでコクンと頷いた。

「……なら、明日にでも街の説明がてら案内しよう。従魔登録はしているか？」

あぁー。そういえばしなきゃダメなんだっけ。エアリル達に刷り込まれた情報を思い出し、頭を振って否定する。

「……なら冒険者ギルドにも寄って登録しよう」

「ありがとう！」

よっしゃ！　案内人ゲットだぜ！

「僕も行く！」

「私も同行しましょう」

パブロさんとフレディ副隊長が食い気味に発言した。

「あー。オレは」

「隊長は仕事がたんまり残っているでしょう」

リカルド隊長の言葉に被せてフレディ副隊長がクギを刺した。

ナイス！　フレディ副隊長！　あんまり一緒にいたくないからね。悪気はないんだろうけど……

「……そろそろ昼食の時間だ。食堂に向かおう」

ブラン団長の発言でみんなで席を立つ。

ソファから離れたところでフレディ副隊長がしゃがんで手を広げた。

え？　また抱っこですか？

さぁ！　と言わんばかりに手を広げて待っていらっしゃる。

断るのも面倒なので、甘えることにしてトコトコと近付くと、ササッとお子様抱っこ状態になった。素早い。


抱っこされたまま食堂に入ると、また注目された。

うーむ。慣れそうもない。気分は男子校に迷い込んだ珍獣。

みんなは視線も気にせずスタスタと食堂の奥に向かい、朝座ったイスに座らせられた。

フレディ副隊長とパブロさんがご飯を取りに行き、ブラン団長とリカルド隊長は私が座っているイスの正面に座った。

今回はすぐフレディ副隊長とパブロさんが戻ってきて、ご飯のトレーを前に置いてくれた。

フレディ副隊長が三つ、パブロさんが二つのトレーを持っている。一緒にブラン団長とリカルド隊長のも持ってきたらしい。

パブロさんのリカルド隊長への目が冷たい！　自分で持ってこいよって心の声が聞こえる気がする！

持ってきてもらったので笑顔でお礼を言うと頭を撫でてくれた。

私が食べ終わったのを見て「もういいの？　それだけで足りるの？」と、パブロさんに心配そうに聞かれた。

もちろん私はおなかいっぱい。子供でみんなみたいな量食べたら驚きだよ！

帰りもフレディ副隊長に送ってもらい、部屋の中で降ろしてもらった。

みんなが部屋を出て行こうとしたときにふと思い出し、小走りでフレディ副隊長に近付いて服を引っ張る。

「どうしました？」

「あのね。助けてくれてありがとう！　言うの遅くなってごめんなさい」

ニッコリと笑顔でお礼を言ってから頭を下げる。

「っ！　いえいえ。ご無事でよかったです」

一瞬ビックリした後ニッコリと返してくれた。

「では。失礼致します」

みんなが部屋から出ていったのを確認してベッドに座った。

第四話　アイテムチェック

さぁ。午後はアイテムチェックだぞ！　エアリル達が送ってくれたアイテムを確認しないとね。

「クラオルー。アイテム整理するからゆっくりしてて」

クラオルに伝え、メニューから無限収納《インベントリ》を開いてアイテムを見ていく。

すごい量。ズラーッとアイテムの名前が並んでいる。

んー、なになに。ポーションにマジックポーション。あ！　食べ物がある！

あああああ！　これ私が倒した魔物じゃない!?　切り刻まれたやつ。

「もしかして、手をかざしたら無限収納《インベントリ》に移動した感じ？」

『そうよ。やっぱり知らなかったのね』

「消えるのかと思ってたよ！　あ！　だから、クラオルファミリーが集めてくれた木の実とか消せって言ったの？」

『そうよ。ガイア様に聞いたら、多分そうだって言ってたから』

「なるほど。ありがとう！」

他にもチェックしていくけど、なんともバラバラ。

どうやって整理しようかと悩んでいるといいものを見つけた。検索機能！　しかも念じればいいらしい。

（なんて便利！　パパ達ありがとうー！）

調子よく心の中でエアリル達にお礼を言う。

ん？　これなんだ？　従魔用の首輪？　あ。付けなきゃダメなのか。

「クラオルー。刷り込み情報によると、従魔って目印がないとダメみたい。エアリル達が首輪を送ってくれてるんだけど、それでいい？」

『苦しくなかったらいいわよ』

いっぱい種類があって、何が何だかわからない。

ひとまず全部出してみると、すごい量で小山ができた。五十個近くあるんじゃなかろうか。

従魔の首輪は革紐で、全てにカラフルな石が付いている。

「うーん。私的にはオコジョのこの白っぽいのか、クラオルの瞳の黄色がいいと思うんだけど……クラオルはどれがいいとかある？　あ、草魔法使うから緑もありかなぁ？」

『前から気になってたんだけど、そのオコジョってなに？』

クラオルに聞かれて、可愛いオコジョの説明ついでにリスの話もすると、『だからリスちゃんってずっと呼んでたのね』と納得した様子。

『可愛い色がいいと思ったけど、そのオコジョが可愛いって言うならその白にしようかしら』

「えへへ。ありがとう！」

白っぽい石が付いた首輪をクラオルの首にあてると、勝手にシュシュッと巻き付いた。革紐は首の後ろで小さなリボンの形になり、幅も勝手に調整されてちょっと太く変わった。

「わぁ！　勝手に動いたよ！　苦しくない？」

『自動サイズ調整が付いてるのね。苦しくないわ。可愛い？　似合ってるかしら？』

クラオルの首元でキラキラと白っぽい石が揺れている。

「うん！　首の後ろに小さなリボンも付いてて可愛いよ！　やっぱり似合うね！　これ、私の魔力通さなきゃいけないみたいだから通しちゃうね」

エアリル達の刷り込み情報を思い出し、手を石に近付けて魔力を流す。

よし！　大丈夫っぽいぞ。

「じゃあまたアイテム整理するね」

さっき出した大量の首輪を従魔フォルダを作って移動させた。

無限収納《インベントリ》はフォルダ機能があるのが素敵だよね！

森で消したと思っていた大量の木もあった。これは木工フォルダを作って移動と……

うーん。これは放置でいいか。魔物の残骸も放置で……鍋にテントに結界石までちゃんとある。

マジックバッグに毛布に……ベッド!?　包丁に……タオル……

名前だけでの判別は難しい。面倒なので日本での呼称と違う物はもう放置！

検索に引っかかったものだけ移動していく。

「ねぇ。クラオルー。そういえば私が作った木刀とか短剣どこいった？」

『うーん。ワタシもあのとき朦朧としてたからよく覚えてないんだけど……多分置いてきちゃったんじゃない？』

「そっかー。太ももの短剣もなくなってるんだよね」

『あぁ！　そういえば隠し武器にしてたわね。それはここで没収されたんじゃない？』

「やっぱそうかぁ。戻ってこなそうだね」

話しながら鍛冶フォルダ、錬金フォルダ、武器フォルダ、防具フォルダ、調味料フォルダ、食材フォルダ……と思いつくままにフォルダを作り、検索をかけてマルっと移動させる。

「図鑑とか欲しかったけどないねー。高望みしすぎか。これだけアイテムもらうって普通じゃありえないもんね。明日本屋さんにでも寄ってもらって買おうかな。クラオルも欲しいものあったら言ってね」

大雑把にフォルダ分けした物をもう一度確認して、明日買う物を考えないとな。

まずは武器で木刀みたいなのを探す。

なんか武器だけですごい量なんだけど……

片手剣、レイピア、ハンマー？　槌？　弓、ヤリ……あ。両手剣もあった。鞭や杖なんかもあるし……グローブに……ってこれきっと全種類くらいの勢いであるな……

しかもどれも名前が仰々《ぎょうぎょう》しい！　なんかリンゴのこともあるし、伝説の武器とかじゃないよね？　怖いわー。鑑定しないでおこう。

日本刀みたいなのにやっぱり惹かれるけど〝刀〟って付いているのが見当たらない。

んー、さすがに木刀もないかぁ……やっぱ短剣辺りかな？　でもベルト的なものがないな……

うーん……明日武器屋さんに寄ってもらうか。

とりあえず今のところは、本屋さんと武器屋さんに行きたいかな。

次は食べ物チェックだ！　と食べ物フォルダを開いた。

大量の多種多様な木の実とフルーツ。

あああああ！　これは！　これは！　念願の米じゃないか⁉　シラコメってきっと白米だよね⁉

十グラムって念じて出してみる。

(ふおおおぉぉぉぉぉ！　米だ！　米だよ！　お米が食べられる！　喜びの舞を舞いたいくらいの歓喜案件だよ！)

むむっ！　キコメだと？　キコメってなんだ⁉

白米をしまってからキコメなる物を出してみた。

(玄米だー！！！！！　うひゃっほーい！　素敵ー！　素敵よ！　パパ達素敵！)

調子よく心の中でエアリル達を褒めちぎっておく。

おにぎりまであるぞ！　炊き済みまであるとは！

ん？　……炊き……済み……？　ってそうだよ！　炊飯器がないと簡単に炊けないじゃん……炊飯器なんぞさっき見てないぞ！

飯盒炊爨《はんごうすいさん》しなきゃいけないの？

小学生のとき、林間学校でやった気がするけどさ……やり方とか水の分量とか覚えてないよ……しかもあのとき、飯盒炊爨《はんごうすいさん》用のお米炊く容器でやったじゃん。ないじゃん……むしろお米の一合が何グラムなのかとかすらわからないよ。目盛り付きの炊飯器がある現代人の便利さ舐めんなよ……

爆発的に上がったテンションが一気に底辺まで落ちる。

期待したのに！　白いご飯が食べられるって思ったのに！　あぁ……一気にやる気も減退だよ……

『なんなのよぉ。一気にテンション上がったと思ったら今度はだだ落ちで』

「あのね……エアリル達がくれたアイテムにお米が入ってたんだよ。念願の米が！」

『米ってシラコメ？　あれ家畜のエサじゃないの』

「違う！　いや。この世界ではそうかもしれないけど……私がいた世界……私がいた日本では米は美味しくいただく国民の主食だよ！　日本の心だよ！　パン派の人もいるけど私は断然お米派だよ！　和食バンザイだよ！」

『え……ええ……大好きなのはわかったわ。それが入ってたなら喜びだけじゃないの？』

「お米はね、正しい水の分量で炊かないと硬かったり柔らかすぎて美味しくないんだよ……あぁ……炊飯器がないなんて……」

『そのスイハンキってやつがないとダメなの？』

「お釜で炊く方法もあるけど、私はやり方覚えてない！　ぬくぬくと便利な道具に囲まれて育った私にはできないんだよ……どうせ炊くなら大量に炊いて、作り置きしておけば旅にも便利だし、美味しいご飯が食べられると思ったのに……」

『うーん……その道具を作るしかないんじゃない？』

「日本の炊飯器の品質を舐めたらいかん！　あれはね、何年も専門の人達が実験して改良に改良を重ねて、誰でも美味しく炊けるように作ってくれた苦労の結晶で魔法の調理器具なんだよ！　こんな小娘が簡単に作れるもんじゃないの……」

『あ……主様の熱意はわかったわよ。でも道具がないなら作るしかないでしょ？　魔道具なら……』

「魔道具……魔道具！」

すっかりサッパリ頭から抜け落ちてたよ！

クラオルに言われてエアリル達から刷り込まれた情報を思い出した。

魔道具。元の世界の電気を魔力に置き換えた便利道具。主に、中に魔力を込めた魔石が埋め込まれている。その魔力で動き、電源コードとかもいらない魔法の道具。

「そうか！　その手があった！　ん……待てよ……オタク知識で冷蔵庫とかは冷却魔法を魔法陣で書いてはできそうだけど炊くって……火を自在に操る魔法陣的な物なんかわからんぞ……あぁ……こういうときのパパ達じゃないのか……お米くれたなら業務用炊飯器も一緒にくれればいいのに……はぁ。まぁしょうがないよね……」

お米が存在するのはわかった！　お米を食べたくなったら、エアリル達がくれたおにぎりを食べよう！　大事に食べよう！

今はとりあえずチェックの続きしなくちゃ。

卵。モウミルクって、これは牛乳かな？　小麦粉……ベーキングパウダーとかないね。

味噌と醤油の実みたいに食べられないと思われている物が食材の可能性もありえる。何にしてもやっぱ図鑑が必要だよね。

次は調味料を見てみると、油、バター、塩、胡椒、砂糖、コンソメ……と、定番物。さらにミソの実とショユの実が入っていた。

酢と料理酒とケチャップとマヨネーズは欲しいよね～。よく異世界物で作ってたりするけど、ぎりぎりマヨネーズが作れ……ないわ。酢がない！　ケチャップは材料トマト以外わからん！　これは実験するしかなさそうだな……

ホームベーカリーとかあったら、捏ねるのも発酵とかも勝手にやってくれるのに！　あ！　パン屋さんで焼く前の生地売ってもらって自分でジャムとかクリーム入れて焼くのはどうだろう⁉　焼く場所は竈《かまど》を作るとか？　うん、うん。いいかもしれない！

『ねぇ。さっきから一人百面相してるけど、明日街に出かけるんでしょ？　教会も寄りなさいよ』

「教会？　あ！　そういえばエアリルからの手紙に教会に来いって書いてあったね。でも私的にはエアリル達より、今後の食生活のために野菜とか食材見て回りたいんだけど」

『一日ずっと食べ物のお店回る気⁉』

「え。それでも全然大丈夫！　むしろ一日じゃ足りないかもしれないよ」

『全然食べないのに、食にうるさいタイプだったの⁉』

「いやいや。この世界の今まで会った人たちがものすごーく大食いなだけで、私は日本人の中ではむしろ食べる方だよ！」

『とりあえず明日は教会に行くわよ！』

「うーん。食べ物のお店の方がいいと思うけど、クラオルが言うならそうしよっか」

『そうしてちょうだい。あと、マジックバッグ出しておいた方がいいと思うわ』

「あ。やっぱり必要？」

『無限収納《インベントリ》をアイテムボックスって言ったときのみんなの反応を見て、それでも気にしないって言うなら何も言わないわ』

「出しとく……面倒だと思ったけど、絡まれたりした方が面倒臭そうだね」

『マジックバッグ使うフリでいいのよ。主様がもらったマジックバッグなら、普段使える物だと思うわ』

クラオルに言われて無限収納《インベントリ》を開き、マジックバッグを検索する。

リュック型。ウエストポーチ型。ショルダーバッグ型。各型大、中、小と三種類のサイズ展開。

どれがいいんだろう？　走るのとかに邪魔にならなそうなのは、ウエストポーチ型かな？

試しにウエストポーチ中サイズを出してみると、今の私にはちょっと大きかった。

小を確認すると、サイズ的にピッタリ。

『決まったみたいね。鑑定してご覧なさい』

クラオルに言われて鑑定してみる。

＊＊＊＊　マジックバッグ　＊＊＊＊
アクエスの特注品／大容量でほぼ無限に収納できる／時間停止機能付き／
保有者に許可された者のみ使用可能
　保有者↓セナ・エスリル・ルテーナ
失せ物返却機能付きで勝手に手元に戻ってくる

（許可された者が使用の場合はその限りではない）／
アクエスの隠蔽《いんぺい》魔法付きで鑑定をかけられても普通のマジックバッグに見える
ワオ！　なんて優秀なマジックバッグ！

「これすごいね……」

『だから言ったじゃないの』

「無限収納《インベントリ》が意味ない気がしてきたよ」

『それとこれとは別よ。ありがたく受け取っておきなさい』

「はーい」

クラオルと話していると、フレディ副隊長が部屋を訪ねて来た。もう夜ご飯の時間になっていたらしい。

またもや抱っこで食堂へ。フレディ副隊長は視線を華麗にスルーして、奥の同じ席に私を降ろす。ご飯の載ったトレーを取りに行ってくれたフレディ副隊長を待っていると、ブラン団長とパブロさんが遅れて現れた。

夜ご飯は朝とお昼と同じ塩スープ。今日はいいけど、これがずっと続くとさすがに飽きちゃいそう。明日はどうなんだろ？　多分同じな気がする。

私以外の三人は相変わらず大盛りだ。

クラオルに念話で食べるか聞くと、『いらないわ』と即答されてしまった。その代わりに食後にリンゴことアポの実をデザートで食べることになった。

フレディ副隊長達三人は食べるのがかなり速い。ガツガツ食べているワケじゃないのに、いつの間にかどんどん減っていくスープとパン。

私が食べ終わった数分後には順番に完食していく。

「……明日、行きたい場所の希望はあるか？」

「えぇっと、冒険者ギルドに本屋と……だっ」

『大事なところが抜けてるわ！』

クラオルに話の途中でパンチされた。

怪我したりしないように手加減はしてくれてるけど衝撃がすごい。

「……だ、大丈夫か？」

ブラン団長がいきなりのことに戸惑いながら聞いてきた。

「大丈夫だよ。ちゃんと手加減してくれてるし、いつもだから。で、なんだっけ？」

『行きたい場所よ！』

「あぁ！　そうだったね。クラオルありがと。えっと、行きたいのは冒険者ギルドと教会。その後に本屋さんと武器屋さんといろいろ食材見て回りたいくらいかな？」

「「「……」」」

ん？　なぜ沈黙？

「……話せるのか？」

「ずっと話してるよね？」

何言ってんだ？　とブラン団長に返す。

「……違う。普通にヴァインタミアと話してただろ？」

「あぁ！　そっち。うん。話してたね。みんなも話せるでしょ？」

「「「……」」」

あれ？

「……いや。話せるのはごく僅かだ」

「そうなの？　契約してるからじゃない？」

「……そうだな。明日はギルド、教会、本屋、武器屋、食材の店に行きたいんだな？」

ブラン団長に確認されたので頷いた。


部屋まで送ってもらい、部屋のベッドに座って一息つく。

リンゴを二人で食べていると、クラオルに話しかけられた。

『明日、武器見に行くって言ってたけど防具はいいの？』

「忘れてた。エアリル達がくれた防具かぁ……あのマジックバッグみたいにすごいのかなって思うと、なかなか着られなそうじゃない？　チラっと見たやつ、名前がすでに仰々《ぎょうぎょう》しくてレアっぽいんだもん」

『多分、防具も隠蔽《いんぺい》魔法が付与されてると思うわよ。確認だけでもしてごらんなさい』

「はーい」

クラオルに言われて無限収納《インベントリ》の防具フォルダを開き、スクロールしながら見ていく。

漆黒の衣、聖泉の巫女服、純血の戦乙女……

（うん。名前だけ見てもわからないよ。これ、ネットショッピングみたいに絵とか写真とか見られるようにできないのかな？）

チリンチリーンと頭の中で音が鳴り、左下の小さな四角模様が光り出した。

なんだ？　とタップしてみると、ネットショッピングみたいに写真が現れた。

（おおお！　見やすい！　わかりやすい！）

漆黒の衣は真っ黒なフード付きマント。聖泉の巫女服はホルターネックの白のワンピース？　ドレス？　だった。

巫女服って名前で騙されるところだったわ。神社の巫女さんが着ている巫女服と違うのね。

純血の戦乙女って名前の防具は赤いビキニアーマー。多分私は一生縁がないわ。

さて、何か可愛い服はないかなぁ？　動きやすいズボンタイプって少ないのね……

ショートパンツとか欲しかったなぁ～。後は寝るとき用にジャージかスウェット！　普段ジャージでも全然いいくらいなのに。Ｔシャツにスキニーとかもあり。まぁ、この中にはなさそうだけどさ。うーん。あ、これいいかも。

写真に惹かれてチェックすると、装備の名前が【エアリルの力作】だった。

エアリル……わざわざ作ったの？　とりあえず出してみよう！

白地のワンピースで、胸元と袖に一ヶ所ずつ、裾にぐるっと一周三種類の色味の違う緑色の糸で何か動物みたいな模様が刺繍されている。ウエストはエアリルの瞳の色の翠色のリボンを結ぶようになっていた。可愛いな。

『あら！　可愛いじゃないの！』

「ね！　これエアリルの力作らしいよ」

『まぁ！　案外センスいいわね。鑑定したの？』

「あ。可愛くて忘れてた。今するー！」

＊＊＊＊　エアリルの力作ワンピース　＊＊＊＊
エアリルがセナのために作ったワンピース／風魔法がかかっていて着ていると素早さが上がる
物理攻撃激減。魔法攻撃激減。自動サイズ調整。温度調整・防水・防汚・修復
使用者限定→セナ・エスリル・ルテーナ
エアリルの隠蔽《いんぺい》魔法付きで誰が鑑定しても普通のワンピースに見える

めっちゃチートじゃん。普通のワンピースに見えるなら普段も着られるね！　ありがたく着させてもらおう！

「機能がすごい……」

『まぁ、そうだと思ったわ。他にもないか見てみたら？』

「そうする！」

また無限収納《インベントリ》をスクロールして見ていく。

お！　これも可愛いんじゃない？　って今度は名前が……アクエスの力作。

アクエスも作ってくれたのか！　二人共優しいな！　出してみよう！

セーラー服みたいな襟付きの上下セット。スカートに短パンがくっ付いてるタイプ。

白地に紺色の襟で普通のセーラー服より小さめ。スポッと被るタイプ。スカートと短パンは襟と同じ紺。襟とスカートの裾には白い糸で波みたいな模様の刺繍。胸元には水色の糸でこれまた何かの動物の刺繍がされている。

鑑定してみると、エアリルの服は素早さを上げる機能が付いてたけど、こっちは炎系が無効なんてとんでもないチート機能が付いていた。もちろん隠蔽《いんぺい》魔法付きで普通に着られる。

『あら。それもいいわね』

「こっちはアクエスの力作らしいよ」

『なるほどね。ブーツはなかったの？』

「あ。すっかり忘れてた」

『やっぱり……』

「今から見るよー！　クラオルがいてくれて助かるわー！」

『んもう。調子いいんだから』

再度、無限収納《インベントリ》をスクロールしてブーツを探す。

検索をかけると、多種多様なブーツの一覧表が出てきた。

日本の靴屋より揃ってるんじゃない？　ってくらいロング、ミドル、ショート全てのブーツが大量にある。

装備品名が【エアリルの力作ブーツ】となっているものを発見。ブーツもセットで作ってくれていたらしい。その下には【アクエスの力作ブーツ】なんてのもあった。

エアリルの方は茶色の編み上げブーツで紐は白。アクエスの方は紺色の編み上げブーツに紐が薄い水色だった。

鑑定してみると、セット扱いになっていて、一緒に装備すると全身に装備効果が出るらしい。


チェックを終えて、ベッドに入る。

何もすることがないと考えるのはガルドさん達のこと。

「ねぇ、クラオル。ガルドさん達どうしてるかなぁ？」

ベッドの中でクラオルを撫でながら、ふと問いかけた。

『神達が大丈夫って言ってたなら大丈夫だと思うわよ。会いたいの？』

「うん。会いたい……でも会うのは怖いかな……」

『怖い？　なんで？』

「あんなに置いてかれちゃうって散々泣いたのに……いくら魔獣を離すためとはいえ、私の方がみんなを放置しちゃったでしょ？　パーティメンバーを見捨てて逃げたのと一緒じゃん？　結界石は起動させたけど……エアリル達がガルドさん達を助けてくれなかったら、そのままあいつらに盛られた薬で死んじゃったかもしれない」

『……』

「結果的にエアリル達が助けてくれたっぽいけど……後遺症とかもあるかもしれない。エアリルからの手紙には書いてなかったけど、多分私のせいだと思うんだよね……」

『主様……』

「つまり、私のせいで危険な目に遭わせたのに見捨てて逃げたってことだよ。あんなにみんな優しくしてくれたのにね。あのときはあそこを離れることしか考えられなかった。最低だよね……こんなヤツに会いたいなんて思えないでしょ？　会ってもガルドさん達が嫌な思いしちゃうかもしれない。だから会いたいっていうより、無事なのを確認したいって感じかな？」

『……あの人達はそんなこと思わないで純粋に心配してると思うわよ？』

「……そうかな？　そうだといいな……これから私も新しい場所で頑張っていかなきゃ……」

『まだ病み上がりなんだから、まずは元気にならなくちゃ！　自分の気持ちに正直なのが一番よ。ギルドに登録しちゃえば身分証になるから、どこへでも行けるわ。会いたいなら探しに行きましょ？』

「うん……そうだね。会わない限りずっと気になるだろうから、探しに行こうかな」

『そうよ。それがいいわ。きっと記憶を取り戻した主様に驚くわよ。ガルドは「俺が怖がられない！」って喜びそうだし、ジュードは主様と食べ物の話で盛り上がるの』

「ふふっ」

そうだよね。やっぱり会いたいもん。

明日冒険者ギルドに登録して、この世界に少し慣れたら、ガルドさん達探しの旅に出よう。

また笑って頭撫でてくれたらいいいな……

クラオルにスリスリと慰めてもらいながら目から零れた涙を拭っていると、いつの間にか寝てしまっていたのだった。

トリティカーナ王国の英雄、ムーンオルト家の末弟であるアレクは、紫の髪と瞳の持ち主。人が生まれ持つことのないその色を両親に気味悪がられ、ある日、ついに家から追放されてしまった。途方に暮れていたアレクは、偶然二人の冒険者風の少女に出会う。彼女達の勧めで髪と瞳の色を変え、素性を伏せて英雄学園に通うことになったアレクは、桁外れの魔法の才能と身体能力を発揮して一躍人気者に。賑やかな学園生活を送るアレクだが、彼の髪と瞳の色には、本人も知らない秘密の伝承があり――

◆各定価：本体1200円＋税　◆Illustration：福きつね

底辺冒険者の少年は
天才万能職人だった!?

ある冒険者パーティーで『万能職』という名の雑用係をしていた少年ロア。しかし勇者パーティーに昇格した途端、役立たずはクビだと言われ追い出されてしまう。そんな彼を大商会の主が生産職として雇い入れる。実はロアには、天性の魔法薬づくりの才能があったのだ。ある日、ロアは他国出身の冒険者たちと共に、薬の材料を探しに魔獣の森へ向かう。その近くには勇者パーティーも別の依頼で来ており、思わぬトラブルが彼らを襲う……。

1~3巻好評発売中!

◉各定価:本体1200円+税　◉Illustration:らむ屋

この作品に対する皆様のご意見・ご感想をお待ちしております。

おハガキ・お手紙は以下の宛先にお送りください。

【宛先】

〒150-6008 東京都渋谷区恵比寿4-20-3 恵比寿ｶﾞｰﾃﾞﾝﾌﾟﾚｲｽﾀﾜｰ 8F
（株）アルファポリス　書籍感想係

メールフォームでのご意見・ご感想は右のＱＲコードから、
あるいは以下のワードで検索をかけてください。

アルファポリス　書籍の感想　検索

ご感想はこちらから

本書は、「アルファポリス」（https://www.alphapolis.co.jp/）に掲載されていたものを、改題、改稿、加筆のうえ、書籍化したものです。

転生幼女《てんせいようじょ》はお詫《わ》びチートで異世界《いせかい》ごーいんぐまいうぇい
高木 コン（たかぎ こん）

2020年 2月 29日初版発行

編集－桐田千帆・宮田可南子
編集長－太田鉄平
発行者－梶本雄介
発行所－株式会社アルファポリス
〒150-6008 東京都渋谷区恵比寿4-20-3 恵比寿ｶﾞｰﾃﾞﾝﾌﾟﾚｲｽﾀﾜｰ8F
TEL 03-6277-1601（営業）　03-6277-1602（編集）
URL https://www.alphapolis.co.jp/
発売元－株式会社星雲社（共同出版社・流通責任出版社）
〒112-0005 東京都文京区水道1-3-30
TEL 03-3868-3275
装丁・本文イラスト－キャナリーヌ
装丁デザイン－AFTERGLOW
印刷－図書印刷株式会社

価格はカバーに表示されてあります。

落丁乱丁の場合はアルファポリスまでご連絡ください。

送料は小社負担でお取り替えします。


ISBN978-4-434-26774-1 C0093